二見サラ文庫

あすなろ荘の明日ごはん

蛙田アメコ

| Illustration |

甲斐千鶴

| 本文Design |

ヤマシタデザインルーム

C O N T E N T S

プロローグ

大人になったら、なんでもできると思っていた。

たとえば、美しい文字で自分の名前を書くこと。

たとえば、規則正しく、健康的な生活。

たとえば、会社で働くこと。

満員電車に揺られること。

お金を稼ぐこと。

夜はたっぷり眠ること。

週末には友人と遊ぶこと。

すきま時間に勉強すること。


大槻花《おおつきはな》は、気がついた。

「……私、何もできてない」

なんでもできる大人の生活どころか。

今の花には、何もない。

仕事もない。家もない。当然、先立つお金もなくて、理解のある彼氏《パートナー》も頼れる友人もいない。

ないないづくしの、二十六歳。

それが大槻花だった。

あるものといえば、赤黒い色をした目の下のくまくらい。

仕事のストレスによる、戦線離脱。

主な症状は不安と不眠。ありふれた話だ。

早くから仕事のために起きねばならないのに、いっこうに眠れないまま迎える夜明けは恐ろしかった。

そんな夜明けが恐ろしくて、余計に眠れなくなった。

なんでもできる大人になろうとして、もう何もかもがぐちゃぐちゃだ。

「うー……」

東京と神奈川の間をゆうゆうと流れる多摩川を渡る風が、花の髪の毛をぐしゃっとかき乱す。

最後に美容院に行ったのは、半年も前だ。

社会人になり上京してきたばかりの頃は、食費を切り詰めてでも自宅から一時間かかる表参道の美容院に二ヶ月に一度は通っていたものだ。

「……よし」

三回、うーと唸って。

最後の一回で、よしと自分に気合いを入れた。

レトロな佇《たたず》まいの家のインターホンを、押す。

昭和中期の民宿を全面的に改装した、「あすなろ荘」という時代がかった名前にぴったりの下宿屋だ。

マンションでもアパートでもなく、下宿屋である。

花の祖母である、小倉葉子《おぐらようこ》の「屋敷」だ。

◆

昔は、夏休みのたびにあすなろ荘に遊びに来ていた。

幼い頃は母親と一緒に何泊かしていた程度だが、小学生になると夏休みの半分以上をあすなろ荘で過ごすようになっていた。

花の育った神奈川の郊外の町から、電車を乗り継いで一時間半。

あすなろ荘に向かう電車の窓に流れる景色が、花を夏に連れていってくれた。

いつもどこかの部屋は空いていたので、花は夏休みの大半をあすなろ荘の空き部屋で過ごした。

風呂とトイレは共用とはいえ。大人が生活できるほどの部屋を独り占めしてよいという贅沢に、花は心を躍らせていたものだ。

あすなろ荘から十分も歩けば、区営の図書館があった。

菓子に本を借りてもらっては、夜遅くまで読みふけっていた。

眠い目をこすりこすり、朝ごはんを食べていたのを思い出す。

朝ごはんを食べたら、すぐに昼寝。

昼寝から起きたらテレビを観て、少しばかり宿題をして、夕方には祖母とお散歩に出かけた。

夏の盛りに紗の着物を凛とまとった葉子と歩くのは、なんだか誇らしかった。

あすなろ荘の近くには、黄色い看板がなんとも古めかしい駄菓子屋があって、散歩のたびにメロン型の容器に入ったシャーベットを買ってもらうのが楽しみだった。

黄色いラインがノスタルジックな南武線に乗って川崎駅まで行けば、どんな映画だって観ることができた。

当時の住人のお姉さんと一緒に、アニメ映画を観に行った。もう彼女の名前も覚えていないけれど、思い出はたしかに花の中に残っている。

あすなろ荘は、花にとっての幸せな子ども時代の象徴だ。

――高校受験を期に、しだいに足が遠のいてしまったことも含めて。

東京と神奈川をへだてる多摩川のほとり、緑の芝生の眩しい土手――旧大山街道を少し外れて、多摩川沿いの土手を上流に向けてぽてぽて歩いた川縁に、『あすなろ荘』は建っている。

川の向こうは、東急電鉄の注力によってきらびやかな新興の繁華街となった、二子玉川がある。

一方、神奈川――川崎市高津区のほうは比較的閑静なベッドタウンだ。

国道２４６号線から枝分かれした多摩川沿岸道路には、車がひっきりなしに行き交っている。ぶぉぶぉ、とバイクが嘶いて、大型トラックが道を揺らす。

その沿道にひっそりと佇む、レトロなアパートメント風の建造物。

それが、あすなろ荘だ。

インターホンの間抜けなメロディが響く。

「……あれ？」

呼び鈴を押したはいいものの、なんの反応もない。

二度、三度。

インターホンを鳴らした。……沈黙。

花は少しためらって、観音開きの重厚なドアに手をかけた。

「……こんにちは」

記憶にある風景が、ドアの向こうに広がっていた。

診療所みたいな大きな玄関ホールの先が、一階が祖母の居住スペースだ。

玄関の左手にある階段。二階と三階には、下宿人たちが住んでいる。

そう、下宿。

アパートでもシェアハウスでもなく、下宿だ。

祖母の住む一階には、三人ほどが入れる浴室と共有の洗面所。そして、食堂と呼ばれるダイニングキッチンがある。

風呂、トイレ、リビング、キッチン共用。大家と同居。

そんな時代に取り残された下宿屋である。

他人と生活の半分以上を共にしているなんて、すっかり大人になった花にとっては気が重いことだった。

「あのー、おばあちゃん？　どなたか、いませんか？」

しん、とした静寂。

「こ、こんにちは」

玄関ホールに、花の挨拶が響いた。

——返事はない。

「あ、あれ？」

約束の日時を間違えたか。

すでに花はアパートを引き払っている。

シティホテルに宿泊するのは金銭的に厳しい。

嫌な汗が噴き出そうになったとき。

「いらっしゃい」

花の記憶にあるより、少しだけ萎んだ声がした。

「おばあちゃん……って、えっ」

葉子は小柄な老婆である。

そして、大変ご機嫌なアロハシャツを着ていた。

「おっほほほ、久しぶりじゃないか。花ちゃ……おわっと！」

「あ、危ない！」

小走りでやってきた葉子が、廊下でつまずいて転けそうになる。

花はとっさに、その身体《からだ》を支えた。

……危なかった。

なんとか、転倒させずに済んでホッとする。

「だ、大丈夫？」

どきどきと心臓が脈打つ。

腕の中の葉子はといえば、花の心配をよそに飄々《ひょうひょう》としている。

「………ニシシ、さすがはアタシの孫。優しい子だね」

「う、うん。それはいいんだけど、えっと……」

夏本番にはまだ早い、というか、5月の半ばにアロハシャツ。

それだけではなく、サングラスと派手なイヤリングまで揃っている。

まだ、桜の名残《なごり》があちこちにあるのに、服の選択がファンキーすぎる。

彼女の口から飛び出した発言は、さらにぶっ飛んでいた。

「どうしてアロハ？」

「そりゃあ、アンタ――バカンスに行くからさ！」

「バ、バカンス……？」

真っ赤なアロハシャツに、顔の半分以上を覆い隠すようなセレブっぽいサングラスをかけている。真っ赤なルージュに、大きなリングピアス。

ちょっと時代錯誤だけれど、むしろレトロというか――要するに、物凄くイケていた。

「おばあちゃん、着物のイメージだった」

「ああ、普段は着物だよ。あちこちから形見分けやら何やらで頂くから、タンスの肥やしにしたらもったいないだろ」

　そういう問題なのか。

「………バカンスって三泊四日？　それとも、一週間とか……？」

「いやあ、どれくらいかかるのかね。世界一周」

「世界一周⁉」

「……の、予行演習の日本一周！」

「い、いつから⁉」

「明日からさ！」

「えええっ」

　どういうことだ。

　だって、葉子は仕事と家を失った花に言ったじゃないか。

　――心配ないよ。あすなろ荘に引っ越しておいで。

　たしかに、そう言っていたはずなのに。

　やってきたばかりで、明日からバカンスに出かけるとは。

　一体どういうことだ。

　口をあんぐり開けて混乱していると、葉子おばあちゃんはサングラスをぐいっと押し上げる。

「まぁ、お茶でもしながら話そうかね？」

くいっと、親指で奥にある居間——あすなろ荘の食堂を指して、葉子はひときわチャーミングなウィンクをしてみせた。

◆

花には二冊のノートが託された。

一冊は家事一般についての覚え書き——例えば、食材の仕入れや、通販サイトから定期的に届く日用品のメモが書かれたもの。

もう一冊のノートの表紙には「朝ごはんノート」と書かれていた。

「というわけで、『あすなろ荘』の大家さんをやってほしいの！」

葉子の笑顔に、花は気圧《けお》された。

「え！　あの、そんなの聞いてないよ……」

「電話をもらったとき、運命を感じたね。渡りに船、バカンスにクルーザーとはこのことさね！」

「え、っと……大家さんって、え……？」

「管理人、ってことね。要するに、おばあちゃんの名代をやってほしいのさ」

「みょーだい」

昔の言葉だ。

いわゆる、代理人ってことだろう。

しばらく、住ませてほしい。

そうは言ったけれど……なんだか、思っていたのとは違う方向に話が進んでいっている気がする。

戸惑う花の前に置かれた湯飲みに、葉子は渋くて濃い煎茶《せんちゃ》のおかわりを注いでくれた。

「居住スペースは、一階の奥の客間が空いているから、そこを使うといい。家財道具は、みんな揃っているから心配ないよ」

葉子は、まっすぐに花の目を見つめる。

心配ないよ、というところを繰り返し花に語りかけてくれるようだった。

(……おばあちゃん、もしかして……私が気兼ねなく住めるように……?)

仕事をなくしたから、住まわせてほしい。

疎遠だった孫娘からの相談に、葉子なりに気を回してくれたということだろう。

「仕事が性に合って、下宿の子たちが花ちゃんのことを気に入れれば、そのまま大家でいてくれたら助かるよ。今回の事が終わったら、世界一周の本番があるんだからさ」

花は託されたノートをパラパラとめくる。

一冊目は、家事一般についての覚え書きのほかにあすなろ荘のルールが書かれている。

各部屋の家賃。風呂やトイレの使用について。

門限は特になし。

二階が男性フロアで、三階が女性フロア。

……などなど、が記されているようだ。

案外、葉子は几帳面な字をしている。

メモ書きの合間に、ところどころ小さくイラストが描かれているのが微笑《ほほえ》ましい。味がある。それに、とてもわかりやすい。

あすなろ荘の共用部分の管理は、これでどうにかなりそうだ。

ふと、気になる文字列を見つけた。

あすなろ荘のルールという項目だ。

『朝ごはんは、みんなで食べること』

なんだこれは、と花は思わず首をひねる。

もう一冊のノートの表紙に書かれている「朝ごはんノート」というタイトルを思い出した。

「朝ごはん……ノート……」

「そう。門外不出の小倉葉子直伝朝ごはんノートだよ」

「はぁ」

朝ごはんか、と花は思う。

最後にまともに朝食を食べたのはいつだろう。

もしかしたら、社員旅行で食べたモーニングかもしれない。あのときは前夜に明け方まで上司の酒に付き合った二日酔いのせいで、味わうどころではなかった。

……朝ごはんは、みんなで食べること。

まるで、小学校の学級目標みたいだ。

少食で食べるのがゆっくりな花は、「みんなが給食を完食する」という学級目標によく苦しめられていた。

もう食べられないのに、わかめごはんを胃に詰め込む感覚は、今思い出しても涙が出そうになる。

「朝七時に食堂に集合。それまでに、花ちゃんは朝ごはんを作って頂戴」

「は、はぁ」

「必ずよ、いいね？」

葉子に見つめられて、花は頷《うなず》いた。

しかし花は、「朝ごはんノート」と書かれた色あせたノートを開く気にはなれなかった。

料理は、あまり得意ではない。

食堂というのは、今まさに花が葉子と対峙しているこの場所だ。

レトロな花柄タイル張りのダイニングに、時代のついた大きなテーブル。

時間の流れの中で飴色《あめいろ》に色づいたテーブルの木目に、花はそっと指を這《は》わせた。

破格で住む場所を提供してもらって、さらには仕事まで割り振ってもらえる。願ってもないことだ。

けれど、その中でも一番重要な仕事が朝ごはんだなんて——なんだか、拍子抜けだ。

だって、そんなこと。

大人だったら、できるはずだ。

「わかりました」

花は二冊のノートを受け取った。

葉子はにまりと笑う。

「うちの子たちを、よろしくねぇ」

あすなろ荘の住人を、葉子は「うちの子」と呼ぶ。

葉子は右手を差し出す。

花は、おずおずとその手を握り返した。シェイクハンドだ。

「……私、おばあちゃんのこと誤解してたかも」

「おや？」

「着物の似合う、大和撫子《やまとなでしこ》だと思ってた」

少なくとも、失意の孫を残してアロハでバカンスを楽しむタイプには見えなかったけれど。

葉子は、一瞬だけキョトンとしてから愉快そうに声をあげる。

「あーっはは！　大和撫子ねぇ！」

「わ、笑わないでよ！　だって、いつもおばあちゃん、着物をビシッと着てたし」

「あらまぁー、花ちゃん。今どき、わざわざ着物で暮らしてるばぁさんが、最高にヘンクツでステキでファンキーじゃないわけないでしょう！」

葉子は、顔の横で両手でピースした。

そうして、綺麗《きれい》にアイロンのかかったエプロンを花に手渡す。

カラフルなパッチワークのエプロンは、葉子のお気に入りだ。

パッチワークといっても、いかにも手作りといったものではなく、見たこともないようなエキゾチックな布を縫い合わせてある洒落《しゃれ》たものだ。

このエプロンが自分に似合うとは、花はとてもではないが思えなかった。

◆

ボォーン、ボォーン……。

大きなのっぽの古時計じみた、鐘の音が響く。

あすなろ荘のダイニングキッチンのヌシである、柱時計のチャイムだ。

「おっと、もう四時だねぇ……そろそろ、あの子が起きてくるよ」

「え？　起きてくるって、こんな時間に？」

そんな会話を聞いていたかのように、上の階から誰かが下りてくる足音が聞こえた。

三階の女性専用フロアの住人のようだ。

ととと、ととと、と軽やかな足音。

続いて、若い女の子の少し掠《かす》れた甘えた声が聞こえた。

「はー……お腹すいたぁー……」

小柄な女の子だった。

ピンクに染めた髪は、寝癖でもしゃもしゃ。

オーバーサイズのTシャツには、聞いたことのないバンドのロゴがプリントされている。

「おはよう、詩笑夢《ぽえむ》ちゃん」

「葉子ちゃん、おは……って、その人は？」

「アタシの孫さ。明日から、ここの管理人をやってもらう」

「はじめまして」

「そっか。はじめましてぇ……って、え⁉　葉子ちゃんは⁉」

「バカンスに行くよ、明日から」

「えええええーーーーっ‼」

さっきまで寝ぼけ眼だったバンド少女が、オーマイガッのポーズ、別名ムンクスタイルで叫ぶ。

その声に呼び寄せられたように、二階のドアが空いた音がして、のそり……のそり……という足音が上の階から下りてきた。

二階はたしか、男性専用フロアだったはず。

「……おい、うるさい」

不機嫌なのか、眠いのか、いまいちわからない低い声。

花よりも、いくつか年上に見える男だった。

ウェーブのかかった黒髪で、両目が隠れている。スウェットとパーカー、それから大きなヘッドフォンを首にぶら下げている。

「だってだって、葉子ちゃんがバカンスって！」

「……回覧板。書いてあっただろ」

「そんなの読んでないよー！」

「………」

無口な男はバンド少女に返答もせずに肩をすくめた。

葉子が、花にそっと耳うちする。

「この子は、山本《やまもと》詩笑夢ちゃんね。大学を休学して、本格的にバンド活動してるのよ。溝の口のコンビニで夜勤のバイトしてたり、バンドの深夜練なんかがあるもんで、この時間に起きてくるんだよ」

現状は三人いるという、下宿人のひとりというわけだ。

どこからどう見ても陽キャである。

（な、仲良くできるかな……）

正直、花の苦手なタイプだった。

「で、さっきのは鹿嶋《かしま》仙人《せんと》君ね。今の下宿人では、一番の古株かねぇ」

仰々しい名前だ。無表情さもあいまって、なかなかに圧がある。

いつも家にいる、あすなろ荘の主のような男だ、とだけ教えてくれた。

とっつきにくそうな男だ、というのが花の第一印象だった。

「てかさ、晴恵《はるえ》ねぇってまだ帰ってこないの？」

「あらやだ、まだ四時だよ。あの子はもう、昼職なんだから」

「あ、そっか」

晴恵というのも、この下宿の住人らしい。

少し前までは夜職、いわゆる、水商売のお姉さんだったらしい。

詩笑夢いわく、「すっごい色気の美人」だとか。

「じゃあ、葉子ちゃんが留守の間はこの人が大家さんかー」

と、いつのまにか、ダイニングでお茶を飲みはじめた詩笑夢。

仙人は冷蔵庫からペットボトルの茶を取り出して、そのまま自室に引き上げてしまった。

普段から、愛想がいい人間ではないらしい。

「……よろしくお願いします」

花の挨拶に、あすなろ荘の住人は「うっす」と薄い反応を示した。


今日から花も「あすなろ荘の子」になる。

同時に、大家である葉子の名代でもある。

この祖母の代わりになるのかは、わからないけれど。

ちゃんとした大人として、やりとげようと思った。

――翌朝、葉子は往年の女優のようなワンピースと大きな麦わら帽子を身につけて、颯《さっ》爽《そう》とあすなろ荘を後にした。

【1話】 夜を越えるパン

あすなろ荘の大家代理に就任した、初日の朝。

緊張で眠れないまま、花《はな》は台所に立った。

炊きたてのごはんと、厚焼き卵。味付け海苔《のり》に納豆、お味噌汁。

「朝ごはんノート」の一ページ目にメモしてあった献立だ。

ぱらぱらとめくってみたところ、ノートにはいくつかのレシピと献立がメモしてあるだけで、たいした情報もなさそうだった。

昔の住人についてのメモが散見されたけれど、重要なこととは思えない。

これならインターネットでレシピや献立を検索したほうが良さそうだな、と思うくらいだ。

実際、「朝ごはんノート」はノートの三分の一ほどが使われているだけで、残りは白紙だった。

こんなものを、どうして葉子は自分に託したのか。

(眠れないし、朝は弱いし、それなのに朝ごはんって……)

炊飯器まかせの白いごはんはともかく、どうしても自信が持てなかった厚焼き卵は、前日にノートを読んだ後、慌てて二子玉川のデリに行って買ってきたものだ。

予算オーバーだったので、花のポケットマネーから出した。

心許ない懐事情だったが、背に腹はかえられないと判断したわけだ。

それなのに……。

「……あの、鹿嶋さんは?」

鹿嶋仙人《かしませんと》が、朝七時を過ぎてもダイニングに現れなかったのだ。

「ん、あの人、朝弱いからねー」

「そうそう、葉子ちゃんも苦労してたってわけ!」

オフィスカジュアルを着込んだ出勤前の晴恵《はるえ》と夜勤から帰ってきた詩笑夢《ぽえむ》が、厚焼き卵を頬張りながら頷き合っている。

なんだそれは。

いい大人の起床まで面倒を見るなんて、馬鹿げてる。

——葉子に託された仕事とはいえ、わざわざ用意した朝食なのに。

胸がざわざわ、ちくちくする。

結局はお惣菜に頼ってしまったうえに、時間になっても住人が来ないなんて。想定外だった。

思わず溜息《ためいき》が出てしまう。

うつらうつらしてきた明け方に起き出して作った朝食だ。

あのまま布団にいれば、あるいは、朝食のために早起きをする予定でなければ、今日こそちゃんと寝られたのかも――そんな、たらればを考えずにはいられなかった。


翌日。

紅鮭を焼いた。けれど、食卓についたのは花と詩笑夢だけ。

鹿嶋はもちろん、晴恵も出勤ギリギリまで起きてこなかった。

晴恵は食卓では申し訳程度に白湯を飲んだだけで、出かけていった。

翌日も、その翌日も。

朝七時にあすなろ荘のダイニングに、全員が揃うことはなかった。

（ルールっていっても、破ったからって何があるわけでもないじゃない）

花は、そう思おうとした。

でも、どうしてだろう――どうでもいいと、投げ出すことができなかった。

厚焼き卵や焼き鮭の朝ごはんが、納豆ごはんとインスタント味噌汁だけの簡素なものになり、ついにはトーストとゆで卵を起きてきた人に出すだけになってしまった。

体力も気力も限界だった。

「……ねむい……むり……」

朝食の後片付けを済ませると、ぐったりとしてしまう花であった。

ねむい。

つらい。

それなのに、夜は眠れない。

——あすなろ荘に来れば、何かが変わると思っていた。

現実は、そう簡単ではないようで。

こうして最初の一週間は、あっという間に過ぎてしまった。

◆

『あすなろ荘』は、花の祖母である葉子《ようこ》の父——つまりは、花の曾祖父にあたる人が営んでいた下宿屋だ。

大家である彼が音楽好きだったのもあり、もとは音楽家が集まる下宿だった。

それもあり、昔から下宿人には近くにある音楽大学に通うミュージシャンの卵や、職業不詳の人間が多かった。

鄙《ひな》びた外装。

風呂、トイレ、リビングルーム共用。

そのかわり、内装はレトロな雰囲気を残しながらもかなり綺麗に手入れされている。

それでいて、家賃は葉子おばあちゃんがここを引き継いだ当初からほとんど値上げをしていない。べらぼうに安い。

何せ、三万円ぽっきりだ。

六畳一間、風呂トイレ共用というところに目をつぶったとしても、安すぎる。なお、水回りはフルリフォーム済みである。

花は何かの間違いではないかと思ったくらいだ。

そんなあすなろ荘の住人は、現在三名。

大家代理である花を含めて、四名である。

葉子から聞いている家賃が本当であれば、入居者が三人では大赤字だろう。

家賃とは別に、月々あたり二千円の朝食代を住人から徴収している。物価が上昇している昨今、その金額では赤字だ。

それでも朝食のまかないをやめないのは、葉子のこだわりであるようだった。

……しかし。

現実はなかなか上手くいかないものだった。

正直にいえば、花は苛立《いらだ》っている。

「……頭、痛い」

ダイニングの重厚なテーブルに肘をついて、花はうなだれる。

あすなろ荘にやってきてからも、花はひどい不眠の症状はちっとも改善される様子はない。

普段は安眠快眠を誇る人でも、枕が変わると眠れないものだ。

すでに足が遠のいてしまっている病院から処方された、頓服の睡眠薬を飲んでみても、効果はあまり感じられなかった。

新しい生活への不安や、これからの再就職への不安。

そして——朝ごはんへの不安。

チクリとした胃の痛み、背中の右側が変に痒《かゆ》いこと。

返信していない友人からのメッセージ。

そんな諸々が、頭の中で渦を巻く。

ぐるぐる、ぐるぐる。


——……。

……。

「なぁ、寝るなら部屋で寝たら？」

心地がいいバリトンボイスに、花は目を覚ます。

頭が重い。夜中を超えて、変な時間に眠ってしまったときに特有の全身にまとわりつく疲労感に呻《うめ》いて、花はゆっくりとダイニングテーブルから頭を持ち上げた。

「……ふぇ」

そこに立っていたのは、あすなろ荘の住人のひとりである鹿嶋仙人だった。

両目が隠れるほどに伸びた、もっさりとボリュームのある癖毛。

筋張った身体に、くたびれたロングTシャツと灰色スウェット、羽織っている季節外れのフードパーカー。それから首にぶら下げたヘッドフォンがトレードマークだ。

あすなろ荘には五年ほど住んでいて、ほとんど外出をしない。何で食い扶持を得ているのかは知らされてないけれど、一度も家賃を滞納したことはないらしい。

また、あすなろ荘にある慎ましやかな駐車場に、葉子の四十年来の愛車（国民的アニメに出てくるみたいな、丸目がキュートな空色の旧式マニュアル車だ）と並んで停まっているビッグスクーターは鹿嶋のものらしい。

つまりは、仕事とお金はあるのだろう。

年齢不詳の職業不明を絵に描いたような青年。それが鹿嶋仙人である。

前髪に隠れた顔立ちは、おそらくは整っているほうなのだと思う。

本人が身なりに無頓着だが、それなりに様になっているのが証拠だ。

まったくもって、ずるい。

花がこの家に来てからというもの、鹿嶋がこのアパートの外に出かけるのを見たことがない。基本的には部屋に引きこもっていて、いつも同じ服装をしている。そして、いつもけだるげだ。

興味がそそられないと言えば嘘になるけれど、もっと実際的な問題が花と鹿嶋の間には立ちはだかっている。

鹿嶋は、ダイニングで食事をとりたがらない。

起きてくるのは朝食の時間が過ぎた頃。

晴恵が出勤し、夜勤明けの詩笑夢があくびを始める後だ。

ようやく起き出してきたと思えば、鹿嶋は花の用意した朝ごはんをトレイに並べて、そそくさと自室に持って行ってしまうのだ。

徹夜明けに、花が痛む頭と重い手足をおして、七時に間に合うように用意した朝食を……だ。

相変わらず、夜は眠れない。

昼はずっとけだるくて、眠たくて、気絶するように眠ってしまう。

そのせいで、また夜は眠れなくなる。

一番辛《つら》いのは、そのことで自分を責めてしまうことだった。

（……詩笑夢ちゃんは、同じような生活リズムだけど、あんなに元気で……なんで私は……）

考えても仕方のないことだ。

それなのに、夜眠れないということが花を苦しめていた。

――お前は、まともな生活をするんだよ。

痛む頭を押さえていると、母の声が聞こえるような気がした。

朝起きて、昼に働いて、夜に眠る。

母は、そういう「当たり前」の生活にひどく固執していた。

夜勤がちの父にあわせて炊事をすることに疲れていたのだ、と今になってみればわかる。

なんて狭い了見なんだろうと、頭ではわかっているのに。


「……おい、大丈夫か？」

「は、はい」

心配して声をかけてくれたのはありがたい。

だが、花の頭痛のタネのひとつがこの鹿嶋なのだ。

コンビニ夜勤とバンドの深夜練で昼夜逆転生活の詩笑夢。

絵に描いたようなオフィス勤務の会社員、晴恵。

それからあすなろ荘に引きこもっている、鹿嶋。

てんでばらばらに、それでもこの家で確かに生活をしているこの三人が、揃って朝食をとったなら――それをやりとげたら、花の気持ちも少しは軽くなるような気がする。

しかし。

狸寝入りなのか、なんなのか。

この鹿嶋はどんなに部屋の外から声をかけても、あすなろ荘のグループメッセージにスタンプを連投しても、いっこうに朝食の時間に起きてはこないのだ。

「あの、みんなで朝ごはんを食べる……って決まりが一応あるんです」

思わず、恨みがましい声を出してしまう。

「そのルールさ……前々から、面倒だなとは思ってたんだよ。それに」

鹿嶋が、花からふいっと目をそらす。

「食べるというのは、ひどく個人的なものだから」

「……は、はあ」

わかるような、わからないような。

たしかに、気心の知れない人と食卓を共にするのはハードルが高い。

けれど、「同じ釜の飯を食った仲間」とかいう言い回しがあるのだから、食卓を囲むことで深まる交流もあるのではないか。

「朝食、明日は一緒に食べてくださいよ」

「なぁ、それって本心？　それとも葉子さんへの使命感とか、義務感とか？」

「それは……」

やたらと持って回った言い方をする男だ。キザな言い回しが妙に似合うのも腹が立つ。

「つーか、もう朝飯って時間でもないよ」

ダイニングを見守る柱時計は、すでに十一時前を指している。

この七日間、朝食に鹿嶋がやってきたことは一度もない。

昼前に起き出してきては、冷め切った朝食を持って、自室へさっさと引き上げてしまう。

昼と夜は、各自で食事を済ませることになっている。キッチンを使う場合には現状復帰をすること、というルールも敷かれている。

「……はぁ、もうこんな時間か」

けだるそうにあくびをする鹿嶋。

花は頭を抱えた。

なんだ、この人は――。

葉子によれば、あすなろ荘に入居して五年近くになるらしい。今更、ルールを知らないはずがないのだ。

「朝ごはん、みんなで食べるルールになっているはずです、けど——」

「起きられなかった」

ダイニングテーブルにぽつんと置かれていた、冷めたトーストとゆで卵——どうせ時間通りにやってこない鹿嶋には、サラダもオムレツも作る気にはなれなかったのだ。子どもっぽい八つ当たりである。

花は冷蔵庫に作り置きしている麦茶をグラスに注いで、鹿嶋に差し出す。

しかし、鹿嶋はそれには見向きもせずにトーストを食べきった。

まだ殻をむいていないゆで卵を手にすると、早々に立ち上がった。

「これは部屋で食う」

「あっ！　ちょっと——」

呼び止める声も聞こえないかのような振る舞いで、鹿嶋は階段を上がっていった。

花はがっくりと肩を落とす。

あすなろ荘の大家代理としての仕事は、おおむね順調なはずだった。

共用部分の掃除も、日用品のストックも、葉子がかなり効率化してくれていた。朝七時にはお掃除ロボットが床を元気に走り回るのだ。

それに、花だって負けてはいなかった。

日用品の在庫にだぶつきがあるのに気がつくと、それをリストアップして通販サイトからの定期便の注文数を調整したし、共用部分の清掃をルーティン化してやり残しがないように一週間の行動計画を洗い出した。

だてに会社の総務のエース……もとい雑用係をやってきたわけではない。

メッセージアプリで葉子にそれを報告すると、たいそう喜んでくれた。

唯一、上手くいっていないのがこの「朝ごはん」である。

いい大人同士なのだから、決められたルールくらいは守ってくれるだろう……というのは、花の見通しの甘さだった。

鹿嶋はみんなと食事をとるのを嫌っているし、会社が忙しく家を空けがちな晴恵は、朝食をとる間もなく家を飛び出していく。

この七日間、朝の食卓に全員が揃ったことは一度もない。

花が頭を抱えていると、ダイニングでスマホをいじっていた詩笑夢があくび交じりに笑った。

詩笑夢はこの七日間で、唯一の朝食皆勤賞だ。

コンビニの夜勤明けに帰宅して朝食をとる。昼前のこの時間は、もうそろそろ彼女が就寝する頃合いだ。

「鹿嶋っち、人見知りだからねー」

「だからって、限度があると思うけど……」

彼らを束ねていた葉子の偉大さを思い知る。

偉大なる祖母――英語でいうとグランド・グランドマザーだ。

頼みの綱の「朝ごはんノート」には、いくつかのレシピが書きためてあった。

朝カレーや、焼きたてパンなど、大げさな料理ばかりが書かれているのが不可解だった。

読むともなく、ぱらぱらとノートをめくる。

鹿嶋の人見知りをどうにかする方法なんて、もちろん書かれていなかった。

「そもそも、このノート……レシピ書いてあるけど、どれも手間のかかるものばっかり……」

「葉子ちゃん、朝ごはんに気合い入れてたからねー」

「そうなんだ」

「みんなの好みとかも、いつの間にか把握しててさ……私、卵が好きなんだけどさ、私のオムレツだけみんなより少し大きかったり」

「……おばあちゃん、すごいな」

料理が得意ではない花にだって、意地がある。

はじめは動画を見ながら厚焼き卵を何度も作ってみたり、副菜をいくつか用意してみたり、あるいは、何種類も野菜を揃えて色とりどりのサラダをこしらえたり、スープを煮込んでみたり、そんな努力はしてみた。

けれど、眠れない夜と白んだ空に絶望した最悪のテンションでこしらえる朝食は、思ったよりも負担感があった。

今朝《けさ》は、トーストにゆで卵を皿に盛り付けてどうにか出しただけだった。

朝ごはん皆勤賞の詩笑夢は、

「スクランブルエッグのが好きだなぁ」

なんて、軽口を叩《たた》きながらも、実際文句も言わずに平らげてくれる。

けれど。

こんなことで、花に託された「あすなろ荘の大家代理」がまっとうできているとは思えない。

「朝ごはんは、みんなで食べること」というルールすら守れていないし、その朝ごはん自体があまりにもお粗末なのだ。

——葉子が花に託した「朝ごはんノート」に書かれた、手の込んだメニューには何か意味があるような気がしてならない。

それが何かは、まだわからないけれど。

そんなことをぐるぐる考えていると、瞼《まぶた》がゆっくりと下がってきた。

「ふあーあ」

花と詩笑夢のあくびが重なる。
「ふぁ〜」
「もう寝ようかな〜、おやすみ！」
詩笑夢が自室に引っ込んでいく。
ふ、と気が緩んだと同時に鈍い頭痛とともに眠気がやってきた。
じっと、目をつぶる。
今、眠くなっても仕方ないのに。
あの長い夜から逃れるために、眠りたいのに……。
今頃やってきた睡魔に苛立ちながら、目をつぶる。
——ひどい眠気と鈍痛が、眼球の奥でどっしりあぐらをかいている。
あすなろ荘の外では、さんさんと夏の太陽が照っている。
白昼だ。
いけない、と花は思う。
本当はこんな時間に寝てしまったら、また夜に眠れなくなるのに。
花は自室として借りている客間から、文庫本を持ってきた。
四隅がぼろぼろになるまで読み込んだ、大切な一冊だ。
ぱらぱらと、めくる。

それだけで不思議と気分が落ち着いてきた。

瀬島カント。

花が高校時代に出会った覆面作家は、瑞々《みずみず》しくて、ほんの少しだけ切ない痛みをまとった作品を世に送り出している。

若者に人気の作家だが、近頃は新刊を出していないのが少し寂しい。

瀬島カント作『真夜中を泳ぐ魚たち』。何度も読み返している、大切な一冊だ。眠れない夜と容赦なく昇る朝日に怯える花に寄り添ってくれた、A六判サイズの相棒だ。


『――深海のような夜の底を、泳ぐように歩く。

陽光に手を伸ばそうと深く潜っては、空気を欲して沈んでいく。

どんなに昏く、暗くても、光を求めて駆けるのだ。

夜を切り裂き歩むことは、きっと祈りに似ているから。』


口さがない読書家たちの中には、カント節と呼ばれる瀬島カントの語り口を、「ポエムじゃんｗ」と馬鹿にする人もいる。ふざけるな、である。

瀬島カントの文章は、どれも花にとっては大切な、大切な文章だ。というか、詩的な文章を馬鹿にするときに「ポエム」という言葉を使うのはあらゆる方面に対して不誠実で、品がないと思う。詩的なことの、何が恥ずべき事なのか。

なんて。瀬島カントを馬鹿にする常套句を思い出して、花がむっとしていると、名前に同じ音を持った、明るく屈託ない詩笑夢の笑顔が浮かんだりした。

夜に眠れないなら、開き直って昼間に眠ればいい。

詩笑夢のように夜勤の仕事をすればいい。

あすなろ荘の前を走る多摩川沿岸道路には、真夜中にも明け方にも大型トラックが行き来している。

現代社会は昼夜問わずに誰かが働いていて、その誰かのおかげで花は生きている。

あすなろ荘に通販サイトから届く日用品の定期便も、多摩川沿いにある巨大な倉庫が二十四時間稼働して送り出してくれるものだ。

夜に眠ることだけが、「正しい」とは限らない。

そんなことは、頭では理解している。

けれど――。

「ああ……夜に眠れたらいいのにな」

そんな願いは、この世界においては、とても狭くて、凝り固まった価値観なのはわかっている。

大人になればなんでもできると思っていた。

今でも少し、思っている。

でも、大人に憧れているのは、花自身が子どもだからだ。

トースト、ゆで卵、麦茶。

白米、納豆、漬物。鮭とかついたりして。

――花が思い描く、簡素で「正しい朝食」のメニューだ。

幼い頃に憧れた、朝食だ。

夜勤が多かった父親は、花が朝起きると缶ビールを片手にテレビを観ていた。

朝から炒め物や、煮込み料理が食卓に並んで、花もそれを朝食として食べていた。

今になって思えば、しっかりと朝食をとって学校に向かっていた毎日は、花の心身の健康にとってプラスだった。

けれど、当時は不満たらたらだった。

朝からシチューなんて重すぎるとか、炒め油の匂いが服につくとか、文句を言ったこともあった。

……でも。

もしかしたら、母が父のために作っていた「朝食」だって正しかったのかもしれない。

（……私が正しい朝ごはんを作れれば、みんな一緒に食べてくれるのかな）

眠い。

なんで、どうして。夜でなくて、今眠くなるのだろう。

ああ、何もかも上手くいかない。

……何もかも上手くいってほしいなんて、傲慢なのはわかっているけれど。

花はゆっくりと、目をつぶった。

◆

いつのまにかダイニングで眠っていた花は、軽やかな声で目を覚ます。

柱時計を見ると、時刻は午後七時を少し回ったところだった。

「ただーいま」

「……あれ、晴恵さん」

秋川《あきかわ》晴恵。

柔らかくて艶っぽい声と泣きぼくろが特徴的な垂れ目フェイス。透明感のある肌と、ふっくらとした曲線の美しい身体つき。柳のように細い腰。美女、という言葉はたぶん、晴恵のためにある。そんな人だ。

二子玉川のオフィスに勤めているキラキラの人。

あすなろ荘の、頼れるお姉さま。

出勤ギリギリまで眠っていて朝食に来ないことはあるけれど、花は晴恵のことが好きだった。


「早かったですね」

「今日は水曜日でしょ。会社の定時デーなの」

ぱち、とウィンクを投げる晴恵は、どこまでもチャーミングだ。

手にした紙袋は、二子玉川のモールに入っている明石焼きのチェーン店のものだ。

「花ちゃん、一緒に食べる？」

「えっ、そんな。悪いですよ」

「いいの、いいの。今朝寝坊して、朝ごはん一緒に食べられなかったお詫びよ。ほんと、ごめんねぇ」

両手を合わせて、謝る晴恵。

「いえいえ……鹿嶋さんも呼びますか？」

「ああ、いいね。どうせ仕事が煮詰まってるんでしょ」

「お仕事の邪魔じゃないといいんですが」

「んー、邪魔だと思ったら返事もしないでしょ」

晴恵はあすなろ荘での暮らしも長く、鹿嶋とほぼ同時期に入居した。鹿嶋のほうが数ヶ月だけ古株。晴恵は三十三歳で、鹿嶋は二十九歳。

晴恵は鹿嶋のことを、手のかかる弟のように扱っている節があるようだった。

「じゃあ、ちょっと声かけてみますね……」

「どうしたの？　何か気になってる？　恋のお悩みなら、お姉さんの得意分野だけど」

「違います。その……鹿嶋さん、今まで一度も朝ごはんを一緒に食べてくれたことがないので……朝食、これでいいのかなとか……私のこと、嫌いなのかなとか。その、色々考えちゃって」

「ほう？」

「鹿嶋さん、無愛想だし……顔、怖いですし……」

その時だった。

「誰が顔怖いって？」

「ひゃっ！」

バリトンの声に振り返る。鹿嶋だった。

「ご、ごめんなさい……」

「謝らなくていいわよ、鹿嶋くんの陰気は生まれつきだから」

「ほざくな。明るく元気なクソガキだった時代くらいある」

「クソガキってところだけ信じるわね」

「……勝手にしろ」

「あ、あの」

花の呼びかけにヘッドフォンを装着しようとした鹿嶋が、ぴたりと動きを止めた。

「晴恵さんが買ってきてくださった明石焼き、よければ食べませんか。私、お茶を淹《い》れますので」

勇気をふりしぼった花だったけれど、鹿嶋の返事はそっけないものだった。

「いや、いい。麦茶取りにきただけだから、お構いなく」

「そ、うですか」

鹿嶋は麦茶をグラスに注いで、さっさと部屋に引き上げてしまった。

やはり、自分のことが気に入らないのだろうと花は思った。

いきなりやってきて、大家代理なんて。

たしかに古株の鹿嶋からしたら気に障るのも当然だ。

「気にしなくていいのに」

「でも……私、おばあちゃんに仕事を任せてもらったのに……」

「なーるほど」

と、晴恵がたおやかに首をかしげる。

「花ちゃん、仕事抱え込んじゃうタイプでしょ」

「……うっ」

晴恵の言うとおりだった。

花の中に、夜眠れない日々が始まった原因が思い浮かぶ。

入社から三年ほど経った頃。

勤めていた会社で、後輩の教育係を任されたのだ。

新しい仕事に、必要以上の気負いがあったのだと思う。

後輩の評価が、自分の評価になる——そんなプレッシャーがあった。

もとより、他人の目が気になる性質だった。

自分の仕事を後回しにしてまで、後輩に構い倒してしまったり。

それで思い通りにいかない業務があれば、後輩から仕事を取り上げたり。その結果として自分の仕事も押しに押してしまって、今度は後輩からの相談に乗る時間がなくなって……。

そんな調子で仕事を後輩に任せることがどうしてもできずに、結局は花の心身が参ってしまった。

完全にモチベーションを失って、眠れない夜が続いて体調も悪くなってしまって、繁忙期に何日も寝坊や病欠を繰り返してしまった。

次に出勤したときの、周囲の目――それが決定打だった。

表情を曇らせた花に、晴恵が柔らかく語りかける。

「図星かな？　理想が高い子ほどね、自分で抱えて問題を大きくしちゃうのよ。少しは自分にも人にもいい意味で期待しないほうがいいの。そうしたほうが、人に頼れるんだから」

「じゃあ、どうすればいいんですか」

花よりもずっと経験豊富な晴恵である。その晴恵からのアドバイスにすがりたい、と花は思う。

眠れぬ夜に、起きられない朝。思い通りにならない身体。さらには鹿嶋のあの態度……暗中模索。五里霧中にもほどがある。

せめて、何か糸口が欲しかった。

「それはね――」

お出汁《だし》たっぷりフワフワの明石焼きを割り箸でつまみ上げながら、晴恵はスマホを取り出した。

「知恵袋さんに聞いてみるのよ」

晴恵のスマホ画面には、『大家　葉子』と表示されていた。

◆

一週間ぶりに話す葉子は、画面の向こうですっかりご機嫌だった。

豪華クルーズ船の旅に出ている花の自慢の陽気な祖母は、夜な夜なカクテルとジャズに酔いしれているのである。

「ははー、鹿嶋君とよろしくやれる気がしないってことかい」

「よろしくやるつもりはないけど、上手くやりたいとは思ってる」

「あっはは、結構結構結構！　花ちゃんも他人を気にかけるくらいには元気になってきたね」

「……そう、かな」

もともと、他人からの評価が気になって、肩肘張って成果をあげようと生活してきた結果が、夜に眠れぬ日々なのだけれど。

「他人の目が気になるのと、他人を気にかけるのは全然違うことよ。ミロのビーナスと特売のなすびくらい違う」

「そんなに！」

「そう。そんなに」

もう夜なのに往年の大女優みたいなサングラスをかけて気取った様子の葉子は、南国の空みたいに真っ青なカクテルをくいっと飲み干した。

「……そうさね、鹿嶋君を朝ごはんに引っ張り出したいなら――」

「なら？」

「ふふ、教えるのは簡単だけど、つまらないねぇ」

「つまらなくていいよ、正解を教えて！」

花は氷たっぷりの麦茶で、ちょっととがらせた唇を湿らせる。

麦茶は花の好きな飲み物だ。

カフェインが入っていないし、清涼飲料水のように変に甘ったるいこともない。

「正解ねぇー、せっかちだねぇ」

「揶揄《からか》わないでよ、おばあちゃん」

「正解が知りたくて仕方ないってのは、若いってことさね」

くつくつ、と肩をふるわせる葉子。

眉間にしわを寄せて背中を丸めている花よりもずっと若々しく見える。

小さな頃から、葉子は花の憧れだった。憧れというのは、自分は逆立ちしたってこうはなれないという諦めみたいなものなのかもしれない。

「まぁ、そうねぇ……鹿嶋君が食事をみんなで食べたくないのは心の傷と臆病のせいだね」

「臆病……？　あの人が？」

いつでもズケズケとものを言う、偉そうな態度と暗い表情。

鹿嶋仙人を辞書で引いたら【対義語】の欄に臆病と載っているに違いないと思うのだけれど。

「あの子たちは、みんな臆病でみんな強いよ」

眩しいものを見るみたいに目を細める葉子。

あすなろ荘の住人を「あの子たち」と呼ぶ彼女はきっと根っからの、生粋の、骨の髄から大家さんなのだろう。

「もちろん、花ちゃんもね」

「……強くなんてない」

強かったら、逃げるように会社をやめてなどいないだろう。

朝もちゃんと起きられて、まともに社会に馴染んでるはずだ。つまはじきになって、膝を抱えながら夜明けに怯えたりしない。

「おっと！　ごめんねぇ、これからダンスパーティなのよ」

「船の上で？」

「船の上だからさ」

それじゃ、と葉子は通話アプリを落とそうとして——ふと、動きを止めた。

「花ちゃん」

「……何？」

「あの子も、麦茶が好きなんだよ」

「……麦茶」

「そ、麦茶。頑張ってね、我が愛《いと》しき孫娘よ」

「あの、おばあちゃ」

――ペロポン。

陽気な音を立てて、通話は終わった。

「ええ……」

自由人にもほどがある祖母の姿に、ちょっと感動すら覚えながら花は冷たい麦茶を飲み干す。

「……麦茶、か」

たしかに鹿嶋は麦茶をよく飲んでいる、らしい。

現にさっきもダイニングに麦茶をとりにきていた。

でも、彼が麦茶を飲んでいるところを花は見たことがない気がする。

（おばあちゃんからの、ヒントなのかな）

布団を敷いて、電気を消す。

横になり、目を閉じる。

ひんやりと冷たいシーツが温まる。身体が火照って、上手く眠れそうもない。眠れそうにないから、寝返りを打って、寝返りを打つから余計に――。

「……また、眠れそうにないや」

なんだか、胸がもぞもぞした。

自由気ままで、いつでも陽気で、優しい葉子――花の憧れのおばあちゃんが、花を信じて任せてくれている。

もう一度、目を閉じる。けれど、何度目かの寝返りで、布団がどうしようもなく熱っぽくなってしまった。

花は少ない荷物の中から、瀬島カントの文庫本を取り出す。

頁を開くこともなく、もうすっかり覚えてしまった文章を頭の中で反芻《はんすう》する。

――深海のような夜の底を、泳ぐように歩く。

――どんなに昏く、暗くても、光を求めて駆けるのだ。

花は、ゆっくりと起き上がる。

ずっと布団の中で丸まって、眠れない自分を哀れんで。

朝日が昇ったら、追い立てられるように起き上がって、義務感で朝食を作る。ただ、ちゃんとしたいから。

でも。

義務的に作っていた、トーストとゆで卵。

そうじゃなくて、そういうのではなくて。

花は、葉子から預かっている「朝ごはんノート」を取り出した。

隅々にまで目を通す。

きっと、葉子は何か理由があって、このノートを花に託してくれたはずだから。

不機嫌そうなバリトンボイス。

いつでも眠そうな青白い顔。

鹿嶋はおそらく、花と同じく自室で夜通し起きているのではないだろうか。

……となれば、朝方に急激な眠気に襲われているはずだ。

花は朝食を作るために、無理矢理コーヒーで眠気を払って朝七時を待っている。

身体はだるくて、心も曇っている。

「……私は、海の底でぐんにゃり横たわってるだけ」

まるで、泳ぐことのないナマコみたいに。

花は二冊のノートの隅々にまで目を通した。

夜は更けていく。

大学ノートにびっちり書かれた几帳面な文字とイラスト。

三十分、一時間。

夢中になってノートを読む。

よく読むと、すでにあすなろ荘を去った住人たちの名前が散見される。

当時の住人の好き嫌い、アレルギー、思い出話。

ぱらぱらとページをめくっただけではわからない情報に没頭していると、あっという間に時間が過ぎた。

空は白んでいるけれど、眠れない夜の孤独も、白んでいく空への恐怖もなかった。

「これ……やってみたい」

花は、あるページに目をとめた。

そこには葉子の字で、こう書かれていた。

「夜を越えるパン」、と。

◆

待ちきれない、なんて感情は久しぶりだった。

夜明けの多摩川沿いを歩いて、花は橋の向こうにある二十四時間営業のスーパーを目指した。

強力粉とドライイーストを買って家路を急ぐ。

二子玉川の駅を目指す、スーツ姿の人たちとすれ違う。

まだ始発から時間が経っていないはずだけれど、時差通勤や夜勤明けの人たちが夜明けの町を歩いている。

花は空を見上げる。

多摩川にかかる橋の上には、空がどこまでも広がっている。

美しく整備された多摩川緑地の公園から、瑞々しい香りのする風が吹き付ける。

思わず、深呼吸をした。

橋を渡って、あすなろ荘のあるほうへ足を向けかけて、ふと立ち止まる。

沿岸道路から少し入ったところに、二子神社がある。

岡本太郎作のモニュメントを横目に神社の境内に向かい、参拝をした。

初詣でもないのに、神社に参るなんてことはしたことがない。

けれど、夜明けの空気にあてられて、少し歩きたい気分になったのだ。

二子神社の境内を、石畳を踏みしめて歩く。

とりたてて、何も起きなかった。

途中、ほとんどの商店が閉まっている中で、コンビニ以外で一つだけ明かりのついている店があった。

小さなベーカリーだ。

こじゃれた格子窓から中を覗《のぞ》くと、白衣を着込んだ店員が忙しそうにパンを焼いていた。

甘くて香ばしい匂いが店の外にまで漂ってくる。

花はエコバッグを肩に背負い直す。

今日は忙しくなりそうだ。

◆

あすなろ荘に戻った頃には、すっかり日が昇りきっていた。

まずは、朝食の支度をしなくては。

忍び足で廊下の奥に進むと、ダイニングキッチンから、蛍光灯の光が漏れ出ていた。

(あれ、消し忘れちゃった?)

そっとのぞき込む、と。

「……鹿嶋さん」

鹿嶋が花の声に反応して、少し表情をこわばらせた。

「げっ」

極めて失礼な反応だった。

シャワーを浴びてきたばかりなのか、濡れた髪からはあすなろ荘唯一の男性用シャンプーの清涼な香りがする。グラスには麦茶が注がれていた。

「あんたか」

「……あんたじゃなくて、大槻花《おおつきはな》です」

「こんな夜中に外出か？」

無視かよ、と花は思った。

「ちょっと、買い物をしてきただけです」

「ふぅん、朝飯の買い物？」

「そう、ですけど」

「……車、多いから」

「気をつけろ、ってことですか？」

花の質問に、鹿嶋は答えなかった。

麦茶を一口飲むと、筋張った首元で喉仏が大きく動いたのが、妙に目についた。明け方に男性と二人きりというシチュエーションを急に意識してしまって、花は足早に鹿嶋の横を通り過ぎてキッチンに戻った。

「この本、あんたの？」

いつもの掠れたバリトンに振り返ると、テーブルに置きっぱなしにしていた『真夜中を泳ぐ魚たち』の文庫本を鹿嶋が見つめていた。

「あっ、すみません」

昨日読んだまま、置きっぱなしにしてしまったようだ。

「ふぅん」

（……反応、薄……）

特に読書談義に花が咲くこともなく、気まずい沈黙が流れた。

花が慌ただしくパッチワークのエプロンをつけたところで、鹿嶋は飲みかけの麦茶のグラスを持って立ち上がって、自室に引き上げていった。

「あの、朝ごはんは……？」

「……いや、やることがある」

「あ、そうですか」

もしかしてこの人は、自分のことが嫌いなのではないだろうか。

花は大きく溜息をつく。

けれど、花の気持ちは萎《しぼ》まない。

明日こそは、全員揃って朝食をとるのだ。

花は自分の頬を両手で軽くぴしゃりと叩いた。

まずは、手洗いだ。

泡立てた石けんで手を洗う。

葉子から託されたパッチワークの派手なエプロンをつけて、「よし！」と気合いを入れた。

「材料は……強力粉、三〇〇グラム」

小麦粉といえば、一般的には薄力粉だ。けれど、パンやケーキには強力粉が欠かせない。

「次に、お塩が……四グラム」

慎重に、慎重に。塩をボウルに足していく。

きっちり量る。それが、料理になる。

花の性分に合っているのだと思う。少しずつ、手足が温かくなってくる。気持ちが高ぶってきて、自然と唇の端が上がってきていた。

同じ眠れぬ夜の延長でキッチンに立っているのに、できたての朝ごはんのために時間に追われて料理をするのとは全然違う。

「砂糖、ふたつまみ。それと――」

最後のひとつは、ドライイーストだ。

三グラム入りの小袋には、褐色の粉が詰まっている。フリーズドライされたイースト菌だ。ボウルのなか、砂糖の近くにふりかける。

強力粉三〇〇グラムに、砂糖ふたつまみ。塩四グラムとドライイースト二グラムがきっかり量られたボウルは、なんだか輝かしかった。

「……あとは、水を二〇〇cc」

砂糖とイーストめがけて、カップで量った水を流し込む。

ゴムべらでかき混ぜていくと、生地がひとかたまりになってきた。まだまだ粉っぽいけれど、パン生地っぽい。

「次は、手でこねる……っと」

むにむに、と手のひらで押しつける。時折、水分を多く含んだ生地が指の股にまとわりついてきた。

何分かこねていると、生地がしっとりとまとまってくる。

「これで、よし……っと」

生地の仕込みは、これだけだ。

花はほっと一息ついて、生地にラップをした。

「これで八時間置いておくって……こんなんでほんとに、パンになるのかな」

パン生地には発酵が不可欠だ。

イースト菌の力を借りて、一次発酵。形を整えてからの二次発酵。どれも一時間から二時間が相場のはずなのだが、レシピによるとすべての材料を混ぜた後には冷蔵庫の中など涼しい場所で八時間から十二時間――ガス抜きをしながら長ければ丸一日ほど発酵させる、ということになっていた。

冷蔵庫にパン生地を入れる。

不慣れな作業でキッチンに飛び散った小麦粉を拭いたり、洗い物をしたりしながら、ぼんやりと考える。

（……パン、ちゃんと焼けるかな）

ボウルを見る。当然のことながら、ボウルの中の生地はちっとも膨らんではいなかった。

ふと目につくものがあった。

「……これ、お砂糖？」

ゴミ箱の中に、くしゃくしゃに丸められた小さな紙ゴミが入っていた。

あすなろ荘の大家さん心得として、ダイニングキッチンは洗い物から排水溝にいたるまで清潔にしてから眠りにつくことになっている。

花が一度寝室に引っ込む前に、ゴミ箱の中も空にしていたはずだった。だから、ゴミなんて捨ててあるはずがないのだ。

小さな紙ゴミを拾い上げて、しわを伸ばしてみる。

スティックシュガーだった。

「これって……」

花が首をひねっていると、柱時計が七時を告げる。

同時に、玄関から詩笑夢の声が聞こえた。

晴恵がけだるそうに階段から下りてくる足音もする。

少しずつ日常になってきた音の連なりに、花は我に返った。

「夜を越えるパン」の仕込みは完了した。

一晩から丸一日、冷蔵庫の中で発酵させる——それだけで、ほとんど手間なくパンが焼けるというのだから驚きだ。

本当に上手くできるか不安はあるけれど、葉子がたまに使う古い言い回しで言えば、「仕掛けは上々」といったところだろう。

まずは目の前の、朝食を作ろう。

今日も今日とて、朝食はトーストだ。

けれど、今日はゆで卵ではなくスクランブルエッグでも作ってみよう。

詩笑夢は、スクランブルエッグが好きだと言っていた。

義務感ではなく誰かの顔を思い浮かべながらする朝食の支度は、今までと違って花の心を柔らかくほぐしてくれる。

卵をボウルに割り入れて、かきまぜて卵液を作る。

味付けは塩こしょう。
「……あれ、このあとどうするんだろう？」
炒り卵とスクランブルエッグの違いってなんだろう？
慌ててスマホで検索する。
どうやらスクランブルエッグを作るには、牛乳が必要らしい。
「……はは、こんなことも意外に知らなかったんだな」
思わず、苦笑する。
冷蔵庫に牛乳のストックはなく、結局はただの炒り卵になってしまった。
いつもの花なら、小さなつまずきに苛ついて、くよくよしていたかもしれない。
けれど。
菜の花のように黄色い炒り卵が、なんだか誇らしかった。

◆

パンが完成する朝は、あっという間に訪れた。
相変わらず、夜に熟睡することはできなかった。
細切れの昼寝や、うたた寝ばかり。

けれど、仕込んだパン生地がガスで膨らむたびにガス抜きをするのが待ち遠しくて、それも苦にならなかった。

冷蔵庫の中で丸一日をかけてゆっくり発酵して膨らんでいくパン生地の、なんともいえない手触りに癒《い》やされるのだ。

――朝五時。

夜明けのキッチンで、花はラップでくるんでいた生地を手に取る。

発酵した生地のいい香りが、花の頬を紅潮させる。

「……できた、のかな」

成形をして二次発酵までを終わらせたパン生地に粉をふるって、クープと呼ばれる切れ目を入れる。

二三〇度に予熱したオーブンにシュートする。高温でパリッと焼き上げれば、今朝のごはんが完成するのだ。

充実感に包まれながら迎える朝は、ちっとも怖いものでもなくて。

「なんだか、楽しいかも」

オーブンから、芳醇な匂いが立ち上りはじめる。

いつぶりかもわからない、わくわくした気持ちで迎える朝に花はこそばゆい気持ちで伸びをした。

「んー、おはよ……なんかぁ、いい匂い……」

「は、晴恵さん！」

一番にキッチンに現れたのは、秋川晴恵だった。

朝寝坊のはずの彼女がやってきたことに驚きながらも、花は素早く薬缶《やかん》を火にかけて、コーヒーメーカーをセットした。

晴恵の朝は、一杯のお白湯からはじまる。朝寝坊した日には、お白湯《さゆ》だけを飲んで会社に出かけていくけれど、こうして早起きをしてあすなろ荘の朝食会に参加してくれる日は、ブラックコーヒーをたしなんでいる。

「ねぇ、これってトーストじゃないわよね……？」

「はい。その、パンを焼いてみたんです」

「まぁ！　それって、焼きたてのパンを食べられるってこと？」

「そう、ですね」

「素敵！」

花が「上手くいくかはわかりませんが」と思ったようにできなかったときの予防線を張る間もなく、晴恵が踊るように洗面所に駆けていった。

寝起きであっても麗しい晴恵は、洗顔とスキンケアと化粧という儀式を経て、それはそれは美しい会社員に仕上がって、ダイニングに戻ってきた。

「はぁ、木曜日の憂鬱な朝に焼きたてパンを食べれるなんて！」

「……晴恵さんも、木曜日が憂鬱なんですか」

「月火水木金どれも憂鬱よ。ただし、祝日は除く」

「身も蓋もない！」

「だって、そうでしょ？　憂鬱だけど、まぁ仕方ないから楽しんでやる～って思うのよ。仕事ってそうやって楽しくなるの」

晴恵のように思えたら、もしかしたら花は今ここにはいないかもしれない。

東京の会社員として、今日も満員電車に揺られて。

――からん、ころん。

「ただいまでーす、今日も生きるのがつらぁい！」

「お疲れ様です、詩笑夢さん」

夜通しの労働に疲れ果てた詩笑夢が帰ってきた。

いつも大げさなまでに疲れをアピールして甘えるのが、なんだかおかしい。それも、かつての花ができなかったことだ。

「花さん、お腹空いたぁ」

「はい、手を洗ってきてくださいね」

勤務後の詩笑夢には、サラダのハムを少し多めに添えてあげるつもりだ。

サラダは野菜をちぎってドレッシングで和えただけ、ハムはパッケージから取り出しただけ。それでも、十分だ。

今日は牛乳も買ってある。

レシピ通りに作ったスクランブルエッグは、ふわふわでジューシーな仕上がりである。

パンが焼き上がるのを、わくわくと待っている二人。

あともうひとりが来れば、悲願の「あすなろ荘の住人で揃って朝食をとること」という指令を達成できる。

「……鹿嶋さん、起きてこないですね」

「ん？　気になるの」

「いえ。もうすぐパンが焼けるので……」

「じゃあさ、鹿嶋っちのぶんもあたしが食べてあげよっか」

「ふふふ、若者はたくさん食べられていいわねぇ」

「晴恵さんも若いって！」

「おほほ、それほどでも」

穏やかな会話の合間に、オーブンが電子音を奏でる。

いよいよ、焼き上がりだ。

「お……おぉ～っ！」

オーブンの扉を開ける。

肩を寄せ合ってオーブンを覗き込んでいた三人の歓声が重なる。

焼けている。

完璧に、焼けている。

「なんか、形はいびつだけど」

クープが上手に開かずに、パンの側面が膨れ上がっている。

けれど、きつね色の焼き目と立ちのぼる匂いは紛れもなくパンで。焼きたてのパンからは、パチパチと空気が爆《は》ぜる音がするなんて、生まれてはじめて知った。

「はやく食べよ、焼きたてパン！」

待ちきれない、とばかりに詩笑夢がぴょんぴょこと飛び上がる。

その背後、ダイニングキッチンの入り口にのそりと動く人影があった。

「……鹿嶋さん」

「……おはよう」

不機嫌そうなバリトン。

けれど、いつもと少し違う。

キッチンから漂ってくる匂いの正体を知りたい、という好奇心が隠せない様子だ。

やった、と花は拳を握る。

体調が安定しなさそうで、かつ、夜通し起きているであろう鹿嶋を朝食の場に呼ぶためには、ルールを超えた何かが必要だ。

たとえば、家中に漂ういい香りとか。

「おはようございます、ちょうどパンが焼けたところです」

天板の上の、丸くて不格好なパンを掲げてみせる。

「いや、俺は部屋で――」

鹿嶋が口ごもりかけたところに、たたみかける。

「座ってください。麦茶、用意しますから」

「鹿嶋っち、焼きたてのパンだよ？　みんなで食べないと！」

「そうよ、この私が起きているんだから、鹿嶋君も同席する義務があるわ」

「なんだよ、その論理は。俺、徹夜明けで――」

「あたしだって夜勤明けだし」

「…………わかったよ」

女子二人の圧に屈した鹿嶋は、ダイニングテーブルについた。

詩笑夢、晴恵、そして鹿嶋。

この少しばかり時代錯誤な朝食付きの下宿あすなろ荘に暮らす三人が、花が大家代理になってはじめて朝食の場に揃った。

じん、と感動に浸る間もなく、花は薬缶で煮出した麦茶を耐熱グラスに注いで、それを鹿嶋用の麦茶に仕立てる。

詩笑夢の甘いミルクティー、晴恵のブラックコーヒー。

そして。

「どうぞ」

「あー」

ダイニングテーブルに置かれた麦茶を、観念したような表情で鹿嶋はそっと口にした。

「……これ」

鹿嶋がわずかに目を見開く。

何か言いたそうにしているのを見ないふりして、花はパン切り包丁を取り出した。

「では……パン、切りますね」

のこりぎりのようなパン切り包丁をまだ熱いパンに当てて、一気に引く。

ザク、ザクザク。

小気味のいい音とともに、細かなパンくずを振りまきながらパンが切れていく。市販のパンよりもムッチリ、モッチリとした感触が手に伝わってくる。

「おお……！」

パンだ。ちゃんとパンだ。

ほかほかと上がる湯気と、発酵した小麦の芳醇な香りがダイニングに漂う。

「お、美味《おい》しそう！」

詩笑夢が叫んだ。今にも涎を垂らしそうな表情で目を輝かしている。

「贅沢な朝だわ。ほら、鹿嶋君も見てみなよ」

「……ああ」

「でも、パンってすごい手間がかかるんじゃないですか？」

「いえ、これはオーバーナイト法で作ったので」

「オーバーナイト法？」

低温発酵によって、一晩かけて一次発酵する手法だ。

まだ夜は冷え込むので、結局は冷蔵庫から出して発酵を促した。長時間かけて発酵することで、まろやかで豊かな匂いのする生地に仕上がる。

「……パン屋さんが、夜眠るために開発されたレシピだそうです」

街で一番に開く店はパン屋さんで、パン職人の朝は早い。日が昇る前からパンを仕込む、過酷な労働環境だった。

そんなパン職人が少しでも眠れるように。一晩かけてゆっくり発酵して翌朝すぐに成形と二次発酵を始められる。粉からこねはじめるのと比べると、ずいぶんラクになるわけだ。

——葉子の「朝ごはんノート」の「夜を越えるパン」の項目には、そんなことが書かれていた。

眠れない花が、眠りたいパン職人のためのレシピを使うなんて、なんだか妙な気がした。

けれど、パン生地が発酵して膨らむたびに、生地のガス抜きをしてやったり、発酵を待つ間に文庫本を読んだり細々としたおかずを作ったり――朝ごはんができあがるのを待ちながらキッチンで過ごす夜は、今までのように怖いものではなかった。

どうしてだろうか。

明日食べるごはんを作っていると、なんだか救われるような気持ちになってしまって。

それが、なんだかこそばゆくて――嬉《うれ》しかった。

「スープまで気が回らなかったので、インスタントなのですが」

「十分よ、焼きたてのパンなんてはじめてだわ」

「すごいすごいっ！　早く食べようよ」

住人全員でテーブルについた。鹿嶋も、麦茶を飲みながら大人しく椅子に座っている。

あれ、と花は首をかしげた。

テーブルについた住人たちが、誰も朝食に手をつけようとしないのだ。

(朝からパン焼くとか、重すぎた……？)

ちく、と胸に痛みが走った。

「あの……召し上がらない、んですか？」

「何言っているの、花さん！」

詩笑夢の声に顔を上げる。

全員が、花を見ている。

「……え？」

「いただきます、は大家さんの仕事だよ」

詩笑夢が、晴恵が、そして鹿嶋まで、花の合図を待っている。

切り分けられたオーバーナイトパンを前にして、お行儀良く背筋を伸ばしている。

揃って、朝ごはんを食べること。

葉子から指令されたミッションをついにやりとげた。

——ちゃんとしなくちゃ。立派にならなくちゃ。笑われないように、後ろ指をさされないように、はみ出さないいように。

そう思って取り組んできた勉強や仕事とは違う、自分の居場所を見つけたような、そんな気持ちになって。

「……いただきます」

たった六文字の言葉を発するのが、こんなに誇らしいことだなんて。少し前の花は想像もしなかっただろう。

油脂を使わずにオーバーナイト法で焼きあげたパンは、力強いザクザクとした表面ともっちりとした中身が絶品で、住人たちが花の用意した朝食を残らず平らげるのに、さして時間はかからなかった。


朝日がすがすがしいと思ったのは、いつぶりだろう。

シャワーを浴びて眠りについた詩笑夢を「おやすみなさい」と見送り、仕事に向かう晴恵を「いってらっしゃい」と送り出した。

玄関先を掃き掃除していると、爽やかな風が吹き込んでくる。

初夏の青々とした木の葉が眩《まぶ》しくて、花は思わず目を細めた。

掃除を終えると、洗濯物を干していく。

住人は備え付けの洗濯機を使っておのおので洗濯することになっているため、花のぶんだけを洗えばいいので、あっという間に終わってしまう。

自室に戻り、静寂と遠くから聞こえる車の往来の気配を感じながら、花は目を閉じる。

夜通し朝食の支度をしていたから、心地のいい疲労感が全身を包み込んでいる。

久しぶりに。本当に久しぶりに、満足感と達成感に包まれて眠りに落ちた。

◆

次に目が覚めたときには、柱時計が十二回鐘を打つ音が響いていた。

大きく伸びをして、あくび交じりにダイニングに行く。

気温が上がってきているからか、とても喉が渇いていた。

よく乾いたグラスに、冷えた麦茶を注ぐ。

昼食時になっても、詩笑夢は起きてこないようだった。いつもよりもたっぷりとした、満足した朝食だったからだろうか。ぐっすり眠っているらしい。

きんと冷えた麦茶が食道を滑り下りながら、全身にこもった熱を冷ましてくれる。

ほぅ、と吐息をはく。

すると、ダイニングキッチンの入り口の床がきしんだ。

「……いつも、そうやって突然現れますね」

「そりゃ、俺はヒーローでも怪盗でもないからな。予告して登場するほどの存在じゃない」

鹿嶋だった。

心地のいいバリトンが、いつもよりも柔らかく聞こえる。

「それに、ここは俺の家でもあるんだが」

「……麦茶、飲みますか」

「ああ、もらってもいいか？」

花は、鹿嶋に麦茶を出した。

自分のグラスもほとんど空になっていたので、くいっと飲み干して麦茶を注いだ。耐熱グラスにも麦茶を注いで、電子レンジで温める。

冷蔵庫で冷やした麦茶を電子レンジで温めるという冒瀆的な行為である。

そうしてぬくまったたっぷりの麦茶に――スティックシュガーを溶かしこんで、鹿嶋に差し出した。

花の一連の動作を眺めていた鹿嶋は、ばつが悪そうにグラスの側面を指でなぞった。形のよい切れ長の目を隠すほどに長い癖毛を掻き上げている。

「……どうしてわかった？」

「はい？」

「麦茶に、砂糖入れてること」

ノンカフェインで冷たくて、喉の渇きを癒やしてくれる家庭の味方。その麦茶に砂糖を入れる飲み方がある、というのは聞いたことがあった。多くは苦みやえぐみの苦手な子どもや、老人世代が好む飲み方らしい。

「昨晩、ゴミ箱にスティックシュガーのゴミがありました……それで、今までの鹿嶋さんを思い出したんです」

甘さ控えめのビターな見た目と態度な鹿嶋だが、彼が口にしている飲み物は水やスポーツドリンクなどの渋さや苦みの少ないものばかりだった。

あすなろ荘の麦茶は、薬缶で煮出した本格麦茶だ。

主流の水出し麦茶に比べると、香ばしい風味も、そして苦みもより感じやすいものになっている。

食事の時、かならず鹿嶋は自室に麦茶を持って行っていたのだ。

そして、昨晩のスティックシュガーのゴミ――すべてを総合して考えると、鹿嶋がダイニングで食事をとりたくない理由は明確だった。

麦茶だ。

彼は食事の時には麦茶を飲む習慣があって、その麦茶には砂糖を入れずにはいられない――そういう、こだわりがある。そして、それを誰にも知られたくないようだった。

「でも、どうして言ってくれなかったんですか？」

麦茶に砂糖を入れたい、という。

それくらいのこと、大家である花に一言話を通せばよかったはずだ。

何も、恥ずべきことではない。

「……人間って、思ってるよりも分かり合えないんだよ。馬鹿みたいなことで、決定的な決裂と絶望的な亀裂を迎える生き物だ」

鹿嶋は言った。

「……麦茶に砂糖とか、だっせぇってさ。かつて恋人とかいうラベルがついてた人間関係が壊れたんだよ」

「えっ」

「たったそれだけで、って顔するけど本当だ」

鹿嶋は自嘲気味に笑う。

「正確に言えば、亀裂ってのは積み重ねの末に訪れる破局だ。結局のところ、俺が麦茶に砂糖を入れた瞬間よりもずっと前に、俺たちの関係は壊れていたんだろうな」

それきり、沈黙。

ああ、と花はうなだれた。

きっと、鹿嶋にとっては、一生忘れることができないと思うような深い傷なのだ。砂糖を溶かし込んだ甘い麦茶と、それにまつわる失恋が。

それでも甘い麦茶を飲むのをやめない鹿嶋は、まだそのときの恋に立ち止まったままなのかもしれない。

花は自分のグラスを手に、立ち上がった。

「何してるんだ？」

「ちょっと、待っててください」

花は手早くグラスを電子レンジに放り込む。

数十秒温めたあとに、スティックシュガーを丸ごと一本溶かしてみた。そのまま、くっと一口飲んでみる。

香ばしい麦の匂いと、甘い風味が口いっぱいに広がって、飲んだこともないのに懐かしいような気持ちになる。

「お、おい！」

「やってみたら、思ってたよりずっとずっと美味しいです」

「……っ」

ゆっくりと、椅子に腰掛ける。

二人で使うには大きすぎる一枚板のダイニングテーブルは、あすなろ荘が満室になって、十人もの住人がいたときに買ったものなのだと、葉子が誇らしげに言っていた。彼らと本気で向き合って、付き合って、朝食を囲むのが好きだったのだと、葉子はチャーミングな目を細めていたのを思い出す。

大家代理である花には三人の住人と向き合うだけで精一杯だけれど——でも、このテーブルが力を貸してくれるような気がした。

言葉を選びながら、花は鹿嶋の目をじっと見る。

物憂げな表情をしていて、自分よりも年下の男の子にすら見えてくるから不思議だ。

「……同じじゃないけど、分かる気がします」

花と東京の関係もそうだった。

生まれ育った地元から出て、東京でひとり生きていけることが目標だった。きちんと生活、きちんと就職、きちんと自立。

それは花が眠れなくなるより前に、会社でしゃがみこんだまま立ち上がれなくなったあの日よりもずっと前に、耳鳴りや手足の震えとして、同僚の声や電話の着信音を聞くたびに不規則に跳ねる鼓動として、崩壊の予兆を見せていたのだ。

「他人に——人に自分の柔らかい内面を見せるのが怖くなったんだ。それで、仕事もできなくなった」

「内面……？」

「柔らかい内面ってのは、それはたとえば大の男が麦茶に入れる砂糖だったり、自分に酔いしれて書き上げる小説だったり、そういうもんだ」

なんだか話が見えないように思って、花は黙って首をかしげる。

鹿嶋が仕事をしていない風なのは明らかだったけれど、どうして小説なんていうたとえが出てくるのだろう。

「……俺、小説家なんだよ」

えっ、と声が出た。

職業不詳の下宿人が、小説家だった。

「ま、全然ちゃんとした作品を書いてないから、小説家じゃなくなったのかもしれないけど。鳴かないホトトギスよりも、書けない小説家のほうが価値がない」

「……鳴かなくても、ホトトギスはホトトギスだと思います」

「あんた、俺よりよっぽど小説家だな」

鹿嶋が低く笑った。

笑い顔は、花が今まで思っていたよりもずっとあどけない。

「麦茶に砂糖を入れるかどうか、なんてくだらないことで、だらだら長年付き合ってた相手に人格否定までされたんだ。自分の内面を削って、やわい内側をさらけだして、どうにか書いてた三文小説家は恐怖で為《な》す術《すべ》もないさ」

「ずいぶん自虐的ですね」

「そりゃあな、俺の小説なんて今じゃ誰も読んでない――と、思ってたよ」

甘い麦茶を啜って、鹿嶋ははじめて屈託なく笑った。

「ありがとうな」

花のことをまっすぐに見据える視線。

ありがとう、とは何のことなのか。

「あんたが読んでた『真夜中を泳ぐ魚たち』、わりとニッチなのにな」

「…………えっ」

花の大切な作品で、眠れぬ夜の同伴者であるタイトルだ。

思わず、花は絶句した。

昨晩もこのダイニングテーブルまで持ってきていて、パンが発酵するのを待ちながら読んでいた。

働かない下宿人。職業は、書かなくなった小説家。

無愛想で、むすっとしていて、言葉が足りない、鹿嶋仙人。

「俺のペンネームだよ、瀬島カントは」

「えっ、は、ええっ？」

——繊細で柔らかい世界観を書きあげる、寡作の作家・瀬島カント。

せじま、かんと。

かしま、せんと。

考えてみれば、あまりにもお粗末なアナグラム。

「えぇぇぇえっ、あっ、えっ」

「甘い麦茶は、大昔に俺が小説家になるのを応援してくれた人の好物でな。……デビュー作を書くときにずっと飲んでたんだ」

だからこそ、スランプに陥ったときにも手放せなかったのだろう。

「そう、だったんですね」

「葉子さんだけは、俺の麦茶が砂糖入りって知ってたんだ」

「……教えてくれれば」

「俺が止めたんだよ……また笑われたら、って思ったら、頭が痛くてたまらなくなった」

それでもやっぱり、甘い麦茶は手放せなかった。食事中に飲むのが、習慣になっていたのだ。

だから。鹿嶋は花の前では食事をとらないことにした。

「……悪かった」

鹿嶋は、麦茶を一気に飲み干し、グラスの底で溶け残った砂糖を一瞬、名残惜しそうに眺めてから立ち上がった。

「朝飯、美味《うま》かった。あんたが真夜中に台所で仕事している音も、悪くなかったし。それに、明日はパンが焼けるのかと思うと……ガラにもなく、ちょっとワクワクしてた」

鹿嶋の言葉に、花はぐっと言葉を詰まらせた。

まっすぐに、鹿嶋は花をねぎらおうとしてくれているのだ。

瀬島カントの小説にある繊細で詩的な節回しとは違うけれど、無骨でまっすぐなその気持ちが嬉しかった。

「……仕事してくる」

「えっ！」

「小説、書くわ」

にっ、と。

鹿嶋は歯を見せて笑った。

──物憂げにしているよりも、ずっといい顔だった。

真夜中にせっせとこねていたパンが、思いがけず大好きな作家の背中を押したなんて、と花は信じられない気持ちで天井を仰いだ。

「……サイン、もらえばよかったかな」

いや、別にいつでも会おうと思えば会えるのだけれど。

同じ屋根の下に暮らしている鹿嶋が憧れの作家である瀬島カントだったという事実に、トンチンカンなことを考える花なのだった。

甘い麦茶を、もう一口飲む。

美味しい。けれど、この飲み方を普段の花はあえてしようとは思わないだろう。キンと冷えた甘くない麦茶が好きだから。

……でも、また。

たまには鹿嶋と一緒に、この甘い麦茶を飲むのも悪くはないかもしれない。

花は、思う。

待ちに待った瀬島カントの新刊を読める日は、遠くないかもしれない。

だって、鹿嶋はいつだって寝不足だ。

小説を書いていないと言っていたけれど、いつも悩んだ顔をして、目の下にクマを作って、ダイニングに現れる。

きっと、鹿嶋も藻掻いていたのだろう。

いつ明けるともわからない夜の底で、光を求めていたのだ。

冷蔵庫の中でゆっくり、ゆっくり、けれど確実に発酵を続ける「夜を越えるパン」のように。

海の底に沈むナマコではなくて、せめて、明日の朝を夢見るパン牛地みたいに――花の心に、そんな思いが満ちる。

「……鹿嶋さん！」

花は廊下に駆けていき、階上にいるであろう鹿嶋に呼びかける。

あすなろ荘に来てから、息を潜めて生きてきた気がする。

……いや。その前から、ずっと。

「明日の朝ごはんも、絶対一緒に食べましょう！」

ぎし、と二階の床がきしむ。

自室から顔を出したのであろう鹿嶋の声が、小さく聞こえた。

「麦茶があるなら」

鹿嶋は、そう言った。

花は、嬉しくてグッと拳を握る。

ずっと花の心を悩ませてきた鹿嶋の朝食ボイコットが、ついに解決したのだ。これで、全員で食べるあすなろ荘の朝食が実現する。

たまに寝坊する晴恵は、きっと鹿嶋すら起きてくるのにと焚きつければ絶対に乗ってきてくれるはずだ。

今日は葉子に、いい報告ができそうだ。

階上で、詩笑夢が起き出した音がする。さっきの花の声で目を覚ましたのだろう。きっと、まもなく「お腹が空いた」と寝ぼけ眼で起き出してくるに違いない。花は、パッチワークのエプロンを手にして大きく深呼吸をした。

「……よし、明日も頑張ろう」

——あすなろ荘に、もうすぐ夏が来る。

【2話】ライブハウスと鮭おにぎり

ムードメーカーと呼ばれる人がいる。

その人がいるだけで、その場がパッと明るくなる。

あれはきっと、生まれ持ったものなのだろう。

――たとえば、山本詩笑夢《やまもとぽえむ》。

彼女が、あすなろ荘のムードメーカーだ。


花《はな》があすなろ荘にやってきてから、三週間。

大家代理としての毎日に少し慣れてきた。

本来の大家である葉子《ようこ》は、日本一周クルーズの最中に知り合った温泉マニアから数々の秘湯を教えてもらい、船を下りたその足でそのまま名湯を巡る旅に出ることにしたらしい。

あすなろ荘に帰ってくるのは、予定よりさらに先になりそうだ。

花の大家代理業が軌道に乗っているのを確認して、少し安心してくれたのだろうか。そうならいいのだけれど、と花は思う。

夜中の不眠と日中の猛烈な眠気とだるさ。

それによって思うように会社で働けなくなってしまった花は、今はこうしてあすなろ荘の大家代理として居場所ができた。

働いているときには気がつかなかった、働けないことへの焦燥感と孤独感。

誰かのために、何かをしている——そう思える瞬間のありがたさ。

真夜中に、明日の朝ごはんを作る時間の心の安らぎ。

あすなろ荘にやってきてから、花は少しずつ自分の中に活力が戻ってくるのを感じていた。

◆

ぶ、と短くスマホが震える。

すでに夜は明けて、世界は朝になっている。

『いまおわった』

詩笑夢からの連絡だ。

ひょうきんなスタンプが添えられている。

近場のコンビニで夜勤のシフトに入っている詩笑夢は、勤務が終わると花に連絡を入れる。

これは葉子が若い娘の夜勤を心配して言いつけていたことらしい。

お節介なのかもしれない。

けれど、オートロックのマンションでもなく管理会社が入っているアパートでもないあすなろ荘は、葉子にとっては大切な我が家だ。

あすなろ荘に住んでいる住人は、葉子にとっては我が子も同然。

……そういうことなのだろう。

そして、あすなろ荘に長く住んでいるのは、こんなところも含めてあすなろ荘が好きな人たちばかりだ。

花はダイニングテーブルに読んでいた本を伏せて、詩笑夢に「待ってる」と返信をした。


眠れそうにない夜を、花はキッチンで過ごすようになっていた。

夜寒のおともには、温かいとうもろこし茶を淹れる。

といっても、山本詩笑夢の働いているコンビニで買ってきたパックのお茶を電子レンジで温めたものだ。

コーン茶を飲みながら、近くの高津図書館で借りてきた本をめくる。

時折、肩が凝ると立ち上がって朝食の仕込みをする。

オーバーナイト製法のパン。

なすの一夜漬け。

フレンチトースト、まさかのローストビーフ。

一晩置いたり、オーブンで長い時間をかけて焼きあげたりする料理はたくさんある。

葉子が残していった「朝ごはんノート」の中にあった、その手のレシピを選んで試していると、あれだけ長かった眠れぬ夜はあっという間に過ぎていった。

葉子の「朝ごはんノート」は古びているわりには、前半部分だけしか使われていない。

几帳面な字と素朴なイラストは、十数ページで途切れている。

ネットで検索したレシピや図書館で借りてきた本で調べたレシピをその先のページにメモすることにした。

ぼぉん、ぼぉん、とあすなろ荘の柱時計が七つ鐘を打つ。

みんなで食べる、朝ごはんの時間だ。

文学賞に応募する原稿を手がけているという徹夜明けの鹿嶋《かしま》、週の半ばの水曜日で憂鬱そうな出勤前の晴恵《はるえ》がダイニングにやってくる。

「おは……よう……」

「…………」

カスカスの声で青白い顔をしている晴恵と、そもそも一言も発しない鹿嶋。

「おはようございます」

そして、一睡もしていない——いや、できなかった花。

朝ごはんは、みんなで食べること。

こんなに朝に弱い人たちにあすなろ荘のルールを守らせるのは大変だが、それぞれの胃袋に見合った量の朝ごはんを食べてお茶を飲み干すと、みんなが少しだけ元気になっているのだ。

葉子の父……顔も見たこともない花の曾祖父が決めたというこのルールは、きっと大切に、この家のなかで受け継がれてきたのだろう。

それはたぶん、意味のあることなのだ。

「今日は漬け丼ですよ……晴恵さんは、サーモン茶漬けにするのはどうですか」

「あ、それ嬉しいかも」

「アボカドは？」

「別のお皿でもらえる？　アボカドの脂質は、とっても身体にいいらしいのよ」

「…………いっかふほうわしぼうさん」

「え？　何、鹿嶋君。今の何かの呪文？」

「一価不飽和脂肪酸だ。通称、オレイン酸……悪玉コレステロールを減らすと、一般的に言われている」

「鹿嶋さん……起きて一言目がそれですか……」

さすがは作家さん、と言いかけて花は言葉を呑み込んだ。

瀬島カント。

数年前に中規模なヒット作を出してから沈黙をしていた小説家——花も大ファンである瀬島カントの正体が、この鹿嶋仙人《せんと》なのだ。

それは、今のところ花と鹿嶋の間だけの秘密だ。

いまだに、憧れの……いや、眠れぬ夜に共にいてくれた作品を書いた恩人の作家と同じ屋根の下で暮らしているなんて、信じられない。

「鹿嶋君、朝から難しいこと言わないで……」

「別に難しくはないだろ」

「あなたが言うと難しく感じるのよ、むすっとしてるから」

「……あんたこそ」

口論の予感を感じ取って、花はぱんっと手を叩く。

「さあ、朝ごはんの時間ですよ」

あすなろ荘で古株のこの二人は、時折まるで子どものような小競り合いを始めるのだ。

花の声に二人は少しクールダウンしたようで、鹿嶋は砂糖入りの麦茶を、晴恵はブラックコーヒーを口にした。

少しホッと息をついて、冷蔵庫からタッパーを取り出す。

サーモンとアボカドの漬け。

昨晩のうちにサーモンの刺身とアボカドを豆板醤とごま油を利かせたショウガ醤油に漬け込んでいたのだ。

炊飯器から炊きたてのごはんをよそって、タレをたっぷりまとったサーモンとアボカドを盛りつける。

鹿嶋の茶碗は藍色で、ごつごつとした手触りで持ち重りのするものだ。

唐津焼もどきだ、と鹿嶋が言っていた。

無骨な見た目の大きな茶碗で、触れば温かみがある。

どんぶりとしても使える。大は小を兼ねるの実例だ。

晴恵は炭水化物を食べたがらないが、花は朝食には必ず少しでも主食を添えるようにしている。

葉子の「朝ごはんノート」に、主食を必ず……と小さくメモがあったのだ。

きっとそれには、意味があるはずだ。

ごく軽く、薄焼きの茶碗にごはんをよそって、サーモンを四切れ載せる。

そこに、透明なだし汁を回しかける。

サーモンの端が少し白くなり、反り返る。

そこに白ごまを回しかければ、温かな湯気と出汁の香りが食欲をそそる一品に仕上がった。

青白い顔をしている晴恵が、出汁汁の匂いに少し頬を紅潮させる。

「いい匂い……」

「お味噌汁用の出汁汁を、お茶漬け用に少し取っておいたんです」

「葉子ちゃんのお出汁ね」

「はい。昆布と鰹《かつお》のあわせ出汁です」

葉子の「朝ごはんノート」に書いてあったお味噌汁。

一晩かけて水で戻した昆布出汁を沸騰直前まで熱して、ぬめりをとる。

そこに鰹節をどっさりと入れる。あえて、鰹節を取り出さないのが葉子流だそうだ。

乾燥昆布がゆっくりと水の中でふやけて、水に淡い色がついていくのを眺めるのは、花の小さな楽しみになりつつあった。

お味噌汁を作るための、出汁汁。

お茶漬けに使ってもいいし、茶碗蒸しにすることもできる。どんな料理に使ってもいい。

かつての花であれば、味噌汁は味噌汁だと考えたかもしれない。

レシピなど目に入らなかったかもしれない。

たった一つのメニューでも、三人の住人にあわせて料理の仕方や食べ方を変えることができる。

鹿嶋に漬け丼と、ほうれん草の味噌汁を出したところで玄関から足音が響いた。

山本詩笑夢だ。

あすなろ荘のムードメーカー。

いつでも明るく飛び跳ねるような声で花に話しかけてきてくれる。

気難しい鹿嶋にも、「鹿嶋っち」と気さくに話しかけ、晴恵のことを実の姉のように慕って懐いている。

詩笑夢がいると、あすなろ荘に春の日が差したような気分になる。

コンビニでの夜勤や、所属しているバンドの深夜練習明けに帰宅して朝ごはんを食べるのが、詩笑夢のルーティンだ。

バンド活動についてはあまり聞いたことがないが、最近は深夜練だと言って出かける頻度が高い。

晴恵いわく、おそらくライブが近いのではということだった。

「おかえりなさい、詩笑夢ちゃん」

ダイニングに現れた花に、声をかける。

あれ、と花は思った。

「……ただいま」

詩笑夢の声は、暗く沈んでいた。

◆

さらさら、と淡い雨粒の音。

花は目を覚ました。

枕元の目覚まし時計の針は、夕方六時前を指している。

「……もうこんな時間か……」

カーテンを開ける。

分厚い雲が空を被《おお》っている。

多摩川の上には、四角く切り取られていない空が広がっている。

晴れているときには、どこまでも抜けていくような青の向こうに山稜が見えることもある。

そのぶん、曇天のときには重苦しい灰色の雲に頭の上を押さえつけられるような気分になる。

ひとつ、溜息をつく。

天候が悪くなると、余計に寝起きが悪くなる。

かすかな頭痛とは、このあと今日一日付き合うしかないだろう。

長めの昼寝だった。

けだるい疲労が全身を包んでいる。

明け方にやっと寝ついて無理矢理に起床した朝よりは、気分は幾分マシだ。

眠れるときに眠る。

何より、それが肝心だ。

この時間、鹿嶋は自室から出てこない。

原稿をしているのか、あるいはタブレットで映画を楽しんでいるのか、通販サイトからしょっちゅう届く本を読んでいるのか。

会社勤めの晴恵が帰ってくるまでは、少なくとも一時間ある。

この夕方の時間、あすなろ荘は静寂のなかだ。

「あ、詩笑夢ちゃん……」

もうそろそろ、詩笑夢が起きてくる時間だ。

コンビニ夜勤は二十二時からで、東急東横線の都立大学駅にあるというスタジオでバンドの深夜練習をする際にも同じような時間に出かけていく。

起き出してきた詩笑夢がダイニングにやってきて、人懐こい笑顔で花に絡んでくる頃だ。

古いラジオから聞こえるＡＭラジオを聴いたり、詩笑夢のスマホで動画を見たり、他愛のないお喋《しゃべ》りをする。

そんな時間が、花は好きだ。

三週間で、詩笑夢とはかなり仲良くなれたと思っていたのだが——。

ダイニングキッチンは、薄灰色に沈んでいた。

大きな窓のある、あすなろ荘自慢のダイニング。

晴れた日には暖かな日の光が差し込んで、料理や菓子自慢の小物類を鮮やかに照らしてくれる。

その反面、日の光が差し込まないとなると、タイルやステンレスの冷たさが際立つ。

夜の静かな冷たさとは違って、曇天を映しこんだステンレスとタイルは花の心の体温を奪っていくように思えた。

花は水切りカゴから食器を取りだした。

朝ごはん後に洗った、茶碗や皿。布巾でから拭きをして、食器棚にしまう。

普段ならば朝食後の後片付けを手伝ってくれる詩笑夢。

その彼女が、今日は一言も喋らないでサーモンアボカド漬け丼をたいらげて、すぐに自室に引き上げてしまった。

「うーん……どうしたんだろう」

バターをフライパンにぽとりと落とす。

朝のサーモンアボカド漬けの残りを、さっとバター焼きにする。

炊飯器の中に残っているごはんをよそって、そのうえにサーモンアボカドのソテーを載せる。

万が一にもサーモンにあたらないように、表面に火を通す。

雑菌というのは、まず食品の表面で繁殖する。時間の経ってしまった刺身は、こうしてバターソテーにして食べることができる……と、葉子の「朝ごはんノート」に小さなメモがあったのだ。

かつて、あすなろ荘になぜか大量の魚介類が運び込まれたことがあるらしく、盛大な手巻き寿司パーティが行われたらしい。

それでも食べきれなかった刺身が、翌朝にバターソテーとして朝ごはんのテーブルに並んだとか。

サーモンとバターが、食欲をそそる。

アボカドに火が通ってほくほくとした食感になっている。

白いごはんに合うか……と言われると、かなり微妙だ。

しかし、自分のためだけの食事ならばこれで十分。

(……そういえば、こういうテキトーなこと繰り返してたよな)

毎日必死で働いて。

眠れなくなって、自分が嫌いになって。

そういうとき、花はまず食事からおろそかにしていた。

ゼリーやスナック、レトルトばかりの食事。

お腹は満たされても、心は冷たいまま。

実家に暮らしていた頃、あれだけ嫌いだった奇妙な朝食——けれど、母は花のために温かい食事を用意してくれた。

父の晩酌のついでだったとしても、だ。

「……さてと」

明日の朝食のために、買い出しに行こう。

この時間ならば、まだスーパーも商店街も空《す》いている。

◆

買い出しは、溝の口駅の南口にある商店街に行くことになっている。

商店街とはいっても並んでいる商店のほとんどが居酒屋やバーだ。戦後の雑多な喧噪《けんそう》の名残を色濃く残す商店街だ。

すぐ隣をJR南武線が通るので、数分おきに地面が揺れるような錯覚がある。

そこに、あすなろ荘がひいきにしている青果店がある。

昼は青果店、夜は立ち飲み居酒屋になる奇妙な店だ。

古いブラウン管のテレビが現役で地上デジタル波を受信して、ひとりで飲みにきたお客の晩酌のおともをしている。

旬の走りのトマトと、キャベツを買った。

半分に割ったスイカが売られていたが、住人から月二千円ずつ集めている朝ごはん代の中から買うにはまだ高すぎる。

本格的にスイカの旬になった頃に、スイカのスムージーを作ってもいい。

花は大きく深呼吸をした。

湿ったアスファルトの匂いを胸いっぱいに吸い込む。

霧雨はやんで、雲の切れ間から夕日が差し込んでいる。

青果店の向かいには、小さな和菓子屋さん。

その店の桜道明寺が、葉子の好物だ。

小学生の頃には、桜道明寺や水ようかんを買ってもらうのが楽しみだった。

葉子はこの店で買い物をするときには必ず、あすなろ荘の住人全員の分の菓子を買っていた。彼女のポケットマネーからだ。

朝食のためではなく、おやつのために。

夏の夕暮れに食べた、水ようかん。

冷蔵庫でキリリと冷やした水ようかんが口の中の熱がほどけていく感触は、なぜだか夏の盛りにこれからやってくる秋を予感させたのを覚えている。

小さな紙製のスプーンで水ようかんを食べていると、二学期がもうすぐ始まることを思い出して少し寂しい気持ちになったものだ。

雨の匂い。

夕日の橙色《だいだいいろ》、南武線の黄色のライン。

小さな和菓子屋さんの幌看板とショーケース。

花の胸に、あの寂しさが蘇《よみがえ》る。

食べ物と思い出を結ぶ糸は本人が思っているよりも深く結びついている。

「……あっ」

気がついたら、水ようかんを買っていた。

四人分の水ようかんは、花にとっては痛い出費だ。

毎月、大家代理としての賃金が振り込まれているとはいえ、先のことを考えると無駄遣いはできない。

たかが、ようかん。

されど、ようかん。

贅沢品だ。

「……ま、いっか」

浪費は無職の敵だ――けれど、かつて眠れずに朝を迎えたときのような罪悪感はなかった。

鹿嶋や晴恵、特に詩笑夢が喜ぶ顔が浮かんだから。

菓子がたくさんの和菓子を買って、夏の盛りを早足であすなろ荘に歩いていた気持ちがわかる気がした。

トタン屋根でできたアーケードを抜けて、駅まで戻る。

夕日が眩しい。

買い物袋を担ぎ直した花の目の前に、古ぼけた掲示板があった。

色あせた緑色のコルクボードに、一枚のカラーチラシが貼ってある。

そこに、見覚えのある顔を見つけた。

「あっ、これ……詩笑夢ちゃん？」

ライブの告知ポスターだ。

バンドメンバーの中心に立っている山本詩笑夢は、洗いざらしの白シャツにジーンズというラフな格好だ。

けれど、人目を惹《ひ》きつける華がある。

あすなろ荘のムードメーカーである詩笑夢には、どうしたって人を惹きつける魅力があると常々思っていた。

羨ましいような、あるいは、違う生き物を観察するような。

そんな気持ちで、花はもう一度ポスターをまじまじと見つめた。

詩笑夢の低めの身長と幼い顔立ちとアンバランスな構図が目を引く。

両手をジーンズに突っ込んで、わずかな微笑みをたたえてこちらをじっと見据えている。

仏像の神秘的な微笑み——アルカイックスマイルを思わせる表情だ。

詩笑夢の人懐こい笑顔が印象に残っているので、なんだか不思議な気分だ。

たまたま、荷物を担ぎ直すために立ち止まっていなければ気づかなかっただろう。

だが、少し不安げにも見える表情のボーカルは、間違いなく詩笑夢だ。

「……来週の土曜日？　もうすぐじゃない」

しかも、会場は溝の口駅にあるライブハウス。

カレーショップと劇場を兼ねているそうだ。

地元のアーティストとして、区の後援がついている。

ポスターには、『ゆく川の流れ』（これが詩笑夢の所属しているバンドの名称らしい）という文字の近くに小さく、所属事務所が印字されている。

そう、所属事務所である。

詩笑夢はセミプロとして事務所に所属して音楽活動をしているのだ。

溝の口駅近くの音楽大学を休学している、という話を聞いたことがある。

（……詩笑夢ちゃんが元気がなかったのって、このライブのせい？）

たしかに、ライブが近いのでナーバスになっているのかもしれないと晴恵が言っていた。

だが、セミプロとして活動している彼女が、ライブひとつにそこまで緊張するものだろうか。

人前に立った経験がない花には想像ができないけれど——今朝の、どんよりとした空気を思い出すと、ただごとではないことはわかる。

「……何か、元気づけられないかな」

スマホで、詩笑夢のバンドのチラシを撮影した。

もとより高くはないチケットは前売りのほうが千円安いようだ。区の後援もあってか、おそらくは破格の値段。

花はその場で、チケット購入窓口に電話をかけた。

個人携帯なのか、ラフな対応で前売りチケットの予約を受け付けてもらえた。

『メンバーの誰かの扱いにしますか？』

そう問われて、一瞬戸惑った。

チケットをどのメンバーのために買うのか、というのを『扱い』と呼ぶらしい。

「……えっと、ボーカルの……」

「シホさんですね」

「えっ」

シホ。もしかしたら何かの間違いかも、とポスターをもう一度見る。

メンバー紹介欄には詩笑夢の写真とともに「詩歩」とあった。

芸名。珍しいことではない。

けれど、詩笑夢のほうがよほど煌びやかでボーカリストらしい名前だと思う。

詩歩という名前も素敵だけれど、なんというか、少し地味だ。

わざわざ、どうして？

花は首をひねった。

――と、同時に。詩笑夢の名前を少し羨ましく思っている、子どもじみた自分に気がつく。

花は自分の名前が古風でありきたりであることに、子どもの頃は少し悩んでいたものだ。

ごぅっ、ガタタン、ダダン。

南武線が薄暗い商店街のトタン屋根のアーケードを揺らす。

立ち飲み居酒屋が賑《にぎ》わいはじめている。

「……あ、いけない」

そろそろ、帰らなくては。

全員で揃って食事をするのは、朝ごはんのときだけ。

ルールではそう決まっているけれど、花はなるべく夜の時間帯にはダイニングに座っていたいと思っていた。

一日を終えて、あるは夜型の一日のはじまりに、ひっきりなしにダイニングに住人が出入りするのだ。

何かのため、というのではなく。ただ、彼らに会って話したい。

だって、花はあすなろ荘の大家だから。

なんて、心の中で大上段に振りかぶってみて、途端に照れくさくなる。

要するに、夜が来るのがやはりまだ少し怖いのだ。

寂しいから、心許ないから、誰かに会いたくなる。

たぶん、ただそれだけのこと。

◆

あすなろ荘には一室だけ、防音工事がしてある居室がある。

かつて、地元の音大に通う若者を住まわせるために、当時の大家である葉子の夫が百万円以上のローンを組んで施工したものだ。

だが、その夫はその後すぐに病に伏せって、亡くなってしまう。

残ったローンはあすなろ荘を引き継いだ葉子がなんとかその借金を返済した。

……虚栄心の強い夫が見栄でやった工事だ、と葉子は漏らしている。

けれど、女性フロアの奥にある防音室について語るとき、葉子の表情はどこか誇らしげだ。

あすなろ荘の防音室から、音楽家が巣立つこと。

それが葉子の楽しみのひとつなのだ。


「……おはよ」

現在、あすなろ荘に住んでいる唯一の音楽家は、今にも泣き出しそうな顔でダイニングに現れた。

午後八時半。

ダイニングの椅子に座って、花がうつらうつらしていたところだった。

雨がまた降り出したのか、ぱたぱたぱたと水滴が軒先を叩く音がする。

花はぐっと口角をあげる。

詩笑夢がしょぼくれているのならば、自分が少しでも元気に振る舞いたいと思った。

「おはよう、詩笑夢ちゃん。今日は仕事？」

「……ちがう」

オフの日には灰色スウェット姿で、カラフルなターバンで髪をまとめている詩笑夢。

今日はTシャツにジーンズという出で立ちだ。

控えめにメイクをした顔は普段よりも大人っぽいし、シャツはきちんと皺を伸ばしてあって、こざっぱりとしている。

仕事でなければ、おそらくはバンドの深夜練習だろう。

「そ、そう。明日の朝ごはんは……」

「帰っては、くるけど……食欲ないかも」

「そ、そっか」

もちろん、誰にも話していない恋人がいてデートに出かけるという線もあるだろうが
――それならば、こんなに浮かない顔をしているはずがない。

「スタジオ？」

「……そう」

事務所所属とはいえ、セミプロという立場の詩笑夢たちのバンドはスタジオでの練習などが自腹となる。

都立大学駅前にある格安のスタジオが、詩笑夢の行きつけだ。

午後十時から翌朝五時までを借りられる、長時間かつ割引のプラン。

大学生などは同じバンドサークル内で時間を割り振って、金額も折半しているらしい。

詩笑夢たちのバンドも、同じ事務所の同期のバンドと時間を割り振っているのだとか。

終電の関係で、どちらにせよ日付を超える前にはスタジオに入っているようにしているらしいが——。

玄関の大きな下駄箱から、自分のブーツを取り出す詩笑夢の背中は可哀想《かわいそう》なくらいに丸まっている。

「あの、詩笑夢ちゃん」

「なに、花さん」

「大丈夫?」

「……」

大丈夫?

大丈夫じゃないときに、なんて空虚な質問だろう。

そんなことを言われても「大丈夫だよ」としか答えられない。

花はそんなことはわかっていたつもりだった。

会社で倒れる直前には、同僚や先輩、果ては人事担当者からも「大丈夫?」と優しく、腫れ物を触るように気遣われた。

けれど、答えられる言葉は一つだけ。

「大丈夫」

詩笑夢はそう言って、とんとんとレインブーツのつま先を鳴らして出て行った。

詩笑夢の古びたビニール傘の骨が一本、変な方向に曲がっていた。

玄関先まで詩笑夢を見送って、どうしたものかと考える。

雨粒が鹿嶋のバイクを被う灰色のカバーに当たって、ぱらぱら、ぱちぱち、と重い音を立てている。

撥水コーティングの剝《は》がれたバイクシートの上をだらだらと水が流れる。

(大丈夫、かあ)

いざ、自分が人を案じる側になると、どうやって声をかけていいのかが、わからない。

こうして心配していることが、上手に言葉にならない。

もどかしい。

きっと詩笑夢ももどかしいと思っていて——。

「花ちゃん、ただいま」

「わっ!」

涼やかな声。

あすなろ荘の入り口に立っている女は、都会的な美人そのもの。

ウェーブのかかった栗色の長い髪を、ゆるくシニヨンにまとめている。

ベージュのスーツを涼やかにまとっている。

二子玉川から歩くのには暑いのか、ジャケットを脱いで片腕にひっかけている。高いヒールと、引き締まったふくらはぎが眩しい。

十六本の骨でピンと張られた傘の上で、雨粒がはじけている。

秋川晴恵。

あすなろ荘の住人だ。

「晴恵さん」

「ひどい顔！　うちにきた初日みたい」

「……そんなにですか」

あすなろ荘の古株の住人である晴恵は、あすなろ荘のことを「うち」と呼ぶ。

この家にやってきたときの花といえば、不眠と、不安と、緊張……顔をこわばらせて曇らせる感情をすべて抱えてやってきた。

その頃と同じ顔、といわれると。

なんだかまた、不安になってしまう。

「でも、今はとてもいい顔してる」

「え？」

酷《ひど》い顔なのに、いい顔をしている。

矛盾した言い草に戸惑っていると、晴恵はぱちんとウィンクをしてみせた。

「人のために深刻になれるのは、いいことよ」

「……そ、そうですか」

「悩み事のぜんぶが自分のことだと、辛いから」

晴恵は、たまに不思議なことを言う。

禅問答みたいな言い草は、葉子のそれとよく似ている。
五、六年も同じ家に住んでいれば、そして同じ朝食を食べていれば、それは嫌でも似てくるのかもしれないけれど。
「深いこと言いますね」

今まで、悩み事は全部、自分のことばかりだった気がする。

人のことでこんなに頭を悩ませるのは、はじめてだ。

いや、巡り巡って、自分のために悩んでいるわけだけれど——けれど、朝ごはんの向こう側にいる詩笑夢のことが、頭から離れない。

「まあね、深そうなこと言うのは得意よ？　夜を生きる女には、哲学がなくちゃやってらんない」

晴恵はもとは有名なホステスだったらしい。

ひと月に目のくらむようなお金を稼ぎ出す夜の女。

花とは縁の遠い世界だ。

今は会社員をしている晴恵だが、それでも少し浮世離れした不思議な空気をまとっている。

「哲学ですか」

「そうね、座右の銘とか」

「座右の銘……」

高校入試や、就職面接を思い出す。

中学時代に力を入れたことや、「御社」を志望する理由。

就活ともなれば、ＥＳ《エントリーシート》に基づいた会話による自己アピールや、企業研究の成果を発揮した志望動機など、話すべきことはたくさんある。

その中で、緊張をほぐすための質問として「座右の銘は？」という質問がされることがあった。

だいたい、そういう質問をされたときは面接には落ちてしまう。

そもそもが、座右の銘だの休日の過ごし方だの、「ところで」と切り出される質問をたくさんされる時点で、勝敗は決しているのだ。

面接に割り振られた時間を、もう合否が決まっている相手と過ごすために繰り出される、暇つぶしのような質問を思い出して、花は俯《うつむ》く。

たいしたことも言えない。言えるはずもない。

だって、花の人生というのは「こうあるべき」を追い求めてきただけだったから。

小さな頃から石頭。

つまらない人間だと、今になれば思う。

先生に怒られることもいとわずに、オモシロおかしいことをしていた同級生のことを馬鹿にしていたけれど、彼らが今、どれだけ活躍をしているか知っている。

座右の銘なんて、嫌いだ。

「……うぅん……」

「そんなに大げさなことじゃないけれどね」

「すみません、あんまり頭が……まわらなくて……」

そのとき。

あすなろ荘の前に、足音がひとつ。

「……こん、ばんは」

こざっぱりとしたパンツスタイルに、楽器ケースを背負った女の子が、おずおずと姿を見せた。

詩笑夢と同じ年の頃のようだ。

背負っている楽器はヴァイオリン、あるいはヴィオラだろうか……花には判別がつかない。

「え、と?」

お客さん、だろうか。

花はかけたままだったパッチワークのエプロンの皺《しわ》を伸ばす。

謎の客人は言った。

「あの、シホちゃんはいますか?」

「あ、ええっと」

花が戸惑っていると、晴恵が助け船を出した。

「……よかったら、上がって頂けますか?」

「あっ」

そうだ。

雨の降る中の、来客である。

知らない人を家にあげる、なんていうのは普通であれば怖くてありえない。

けれど、ここはあすなろ荘。

ダイニングキッチンには、菓子の揃えている来客用のティーセットだってあるのだ。

◆

濃紺の茶筒のお高めの緑茶は、来客用だ。

あすなろ荘の引き継ぎノートに書かれた通りに急須で淹れると、濃厚な緑茶の香りがダイニングに広がった。

「これ、よかったら」

「ありがとうございます」

晴恵はあえてテーブルの端に陣取って、黙って自分用のデカフェの紅茶を飲んでいる。

何度か「助けて」と視線を送ったけれど、目が合うことはなかった。

……花がこの客人に対応せよということだろうか。

「シホちゃん……詩笑夢ちゃんのこと、心配で。すみません、いきなり押しかけて」

「いえいえ、お気遣いなく……」

「詩笑夢ちゃん、大家さんのいるシェアハウスに住んでいるって聞いたことがあったので」

「しぇ、シェアハウス……」

あすなろ荘も、たしかに流行のシェアハウスの類いかもしれない。言われてみれば。

客人は、戸田七瀬《とだななせ》と名乗った。

近くの音大に通う三年生で、休学する前の詩笑夢の同級生だったそうだ。

和菓子屋で買ってきた水ようかんを出すと、七瀬は恐縮したふうに頭を下げる。

「詩笑夢ちゃんのバンドで、サポートでヴァイオリンを弾いています」

「へえ、素敵ね。私、エルガーの『愛の挨拶』が好きよ」

あまりにもたどたどしい花を見兼ねてか、晴恵が助け船を出してくれた。

助かった、と花は思う。さすが、会話の引き出しが多い。

来客とのスムーズな会話、というのは花にはハードルが高い。

「今日、スタジオ練習なのでは?」

「あ、私はサポメンなので零時過ぎにスタジオ入りすればよくて」

「そういうものなのです、ね」

七瀬も、花と同じタイプらしい。

もじもじと唇を動かして、何かを言いかけてはやめている。

あまり、コミュニケーションが得意なタイプではないようだ。

そんな彼女が、詩笑夢が住んでいるあすなろ荘までやってきたのは、大変な勇気を出したのだろう。

「……その、彼女、ずっと……スタジオで、吐いてるんです」

「えっ」

七瀬いわく、休憩時間にトイレにこもった詩笑夢が個室の中でえずいているのだとか。

バンドメンバーに女性は詩笑夢と七瀬しかおらず、七瀬しか詩笑夢の異変に気がついていない。

「大丈夫？　って聞いても、大丈夫としか答えてくれなくて……」

悔しそうな、七瀬の表情。

きっと先程までの自分も同じ顔をしていたのだろうと、花は思う。

「あの、どうしてそんなことに？」

バイトをしつつも、バンド活動をして——夢を追いかけて、その夢をつかみかけている人。

明るくて、あすなろ荘のムードメーカーで、誰からも好かれる人懐こい笑み。山本詩笑夢のことを、花は羨ましく思っていた。

だから、どうしてその彼女が、スタジオのトイレの個室に引きこもって、泣きながら胃をひっくり返しているのか。

「……その、詩笑夢ちゃん……もともとが、すごい緊張しいで」

「緊張」

「そりゃ、パフォーマーを目指す以上は緊張を乗り越えることは大切です……けど……詩笑夢ちゃん、すごくプレッシャーに弱くて」

詩笑夢は、人が目の前にいると緊張してしまう性質なのだそうだ。

スタジオ収録であれば、大丈夫。

セミプロとして活動するようになった経緯も、動画投稿サイトにアップしていた歌唱動画がきっかけらしい。

しかし。

そんな詩笑夢は、人前で演奏することに苦手意識を持っている。

演奏者としては、あるまじきことだ。

観客が目の前にいることで、詩笑夢のパフォーマンスが下がる。

何度か開いたライブのアンケートや、記録映像などをチェックしていたプロデューサーがそれに気がついた。

今回のライブの練習が始まったあたりから、プロデューサーやマネージャーが、スタジオ練習にやってくるようになった。

……次のライブのアンケートでマイナスの評価が目立つことのないように、しっかりと練習してほしいという一言を携えて。

要するに、最後通告だ。

花が目にしたポスターの、小さな町の小さなライブ。

そこでの集客やパフォーマンスによっては、契約解除もありえると。

「それがまたプレッシャーになって……もう、どうしようもなくなっているんですよ」

気心の知れた演奏者以外に人間がいる。

それだけでも、詩笑夢にとってはストレスだ。

しかも、その人間は自分たちの未来を握っている。

あれやこれやが重なって、スタジオ練習ですら詩笑夢は追い詰められるようになってしまった。

「……それ、今までどうしていたんですか？」

素朴な疑問だった。

実際に音大に入学しているのだ。

今までだって、人前でパフォーマンスをする機会はあっただろう。

「私も疑問なんです」

七瀬が溜息をつく。

「だって、コンサートやコンテストで人前に出て、聴いてもらって、失敗して、失敗して、緊張して、失敗して……たまに成功して、そうして私たち演奏者は成長していくものなのに……」

「そう、ですよね」

「いくら自宅収録メインで活動してたっていっても……。詩笑夢、ライブハウスに出入りしていたって話も聞いたことあるんです。なのにどうして……？」

花よりも年下の、大学生。

けれど七瀬の言葉には、実際にそうした場面を乗り越えてきた人の重みがあった。

「ふーむ……」

晴恵が唸る。

花は黙りこくってしまった。

これは、あれだ。

七瀬は友達を助けたくてあすなろ荘にやってきたのだ。

あすなろ荘の大家さんならば、きっと住人を助けてくれると信じて。

（……どうしよう……私にそんなのは無理……では……？）

自分のことでいっぱいいっぱいなのだ。

だってまだ花自身が、葉子の営むあすなろ荘の庇護下にいるのだから。

花が困り果てて黙っていると、スマホがめーめーと鳴る音がした。

「あっ」

七瀬のスマホだった。

ひとつ会釈をしてから、スマホを取り出す。

着信だ。

画面に表示されている相手を見て、七瀬は顔を曇らせる。

「……詩笑夢です」

七瀬が、スマホの画面に指を滑らせる。

スマホに耳を当てて、小声で応答をしていた七瀬は「えっ？」と声をあげた。

七瀬がゆっくりと、困惑したような表情で花と晴恵を見る。

「……動けない、って」

「ええっ」

「詩笑夢ちゃん⁉」

差し出されたスマホを受け取る。

「え……は、花さん……なんで……？」

友人にかけたはずの電話に花が出たことに困惑している詩笑夢。

その声は、可哀想なくらいに震えている。

二子玉川駅のトイレで動けなくなっている、と。

詩笑夢は涙ながらにそう訴えた。

◆

東急二子玉川駅は、あすなろ荘から歩いて十五分のところにある。

あすなろ荘の本来の最寄り駅である二子新地駅は、東急田園都市線の各駅停車だけが止まる小さな駅である。

周辺の住人の多くは、大井町線と田園都市線の、特急含めたすべての電車が停車する二子玉川駅まで歩くことが多い。

渋谷方面に向かう場合は、そのほうがわずかだが運賃が安くなるということもある。

「ご、ごめん……たいしたことじゃないんだけど」

花、晴恵、そして七瀬の三人が詩笑夢を駅に迎えに行くまでに、少しだけ調子を取り戻したのか、あるいは無理をしているのか、詩笑夢はトイレから出てきておどけて見せた。

けれど、電車に乗ることができないほどの状況だったのだ。

『大丈夫』なはずがない。

「えぇっと、その……ちょっとお腹痛くて……トイレ入ったら、ふらっときて……貧血っぽくなって立てなくなっちゃった。か弱くてごめんねぇ、えへへ」

へら、と笑ってみせる詩笑夢。

けれどそこには、いつもの明るさはなくて。

妙な空気が、四人の間に漂う。

花は「ムードメーカー」という存在について、痛感する。

よい雰囲気を作るだけが、ムードメーカーではないのだ。

詩笑夢の気分が沈めば、周囲の空気も沈む。

それが、ムードメーカーのムードメーカーたるゆえんなのだ。

時刻はすでに二十三時を過ぎている。

東急都立大学駅にあるスタジオに向かうのならば、あと一時間半で終電だ。

タクシーで向かうにしては、お金がかかりすぎる。

「そんな状態で、練習なんて行けないでしょ」

「……それはそうだけど、でも」

「本番は来週なんだから、まずは体調をどうにかしないと」

「…………でも、だって」

今日は練習を休むように、七瀬が諭す。

けれど、詩笑夢は納得していない様子だった。

でも、だって。

そういう言葉があふれ出す。

くる。
駅構内にあるスープショップのスタンドから、こっくりとした濃厚ないい香りが漂って
（どうしよう……）
スープセットを持ち帰ろうとしている人たちが、列を作っている。
ふと、気がついた。
和菓子屋さんの、水ようかん。
あれを葉子が買ってくれたとき、いつも花は泣いていた。
夏の象徴だったあすなろ荘から、実家に帰りたくないと。
……また学校が始まるのが、嫌だと。
（そうか、だから水ようかんは秋の味がしたんだ）
ぼんやりと、そんなことを考える。
あれは葉子が、花を元気づけようとしてくれていた。
そんな、背中を押してくれるものだった。
「……ねえ、詩笑夢ちゃん。水ようかんは好き？」
「え？」
「水ようかん、買ってあるんだよ。帰って食べようよ」
気がつくと、花の口からそんな言葉が、竹筒から押し出される、ひんやりと優しく冷た

い水ようかんのようにつるりとこぼれていた。

大丈夫？

元気出してよ。

頑張って。

そんな、どうしたらいいか分からなくて捻《ひね》り出す言葉ではなくて。

ただ、家に美味しいものがあると。

一緒に食べようと。

たぶん、会社で倒れる直前の花がかけてもらいたかったのは、そんな言葉だったのだ。

「……っ」

ぽろ、と。

詩笑夢の頬に、涙が伝う。

泣いているのを見られないように俯いて、詩笑夢は歩き出した。

「あの、私……今日はオケ練にしてもらうようにお願いしてみます」

「ありがとう、ほんと、ごめん」

七瀬は花たちに深々と頭を下げる。

オケ練とは、ボーカル抜きで楽器の演奏を合わせることだ。本来は、もっと編制の大きなバンドで行われる練習である。

サポートメンバーである七瀬も、他のバンドメンバーと音合わせをする必要があるとはいえ、本来は予定に組み込まれていないもの。

詩笑夢が休む代わりに、今日は自分が――つまりは、そういう気遣いだった。

何度も謝る詩笑夢の背中を、七瀬は不器用に撫《な》でる。

「ごめん。ほんと、ごめん」

「おい。謝るな、ぶっとばすぞ」

「……おっけ」

「じゃ、また連絡する」

「うん、ありがとう」

「それじゃ、行くね」

七瀬は花たちに深々と頭を下げて、ホームに続く階段を駆け上がっていった。

花と話しているときには出てこなかった、乱暴で優しい言葉の応答。

詩笑夢には、あすなろ荘の外にも世界が繋《つな》がっている。

花には、そのことが少し嬉しかった。

そんな詩笑夢のことを、少しだけ、羨ましいと思った。

◆

竹筒から、水ようかんを押し出す。

半透明の小豆色が、つるりと皿に躍り出た。

円柱状のそれを、ティースプーンでつついて詩笑夢が溜息をひとつこぼす。

「どうしても、お客さんがいると緊張しちゃうんだ」

心底情けない、という表情だった。

気持ちはわかるな、と花は思った。人の目は、やっぱり怖い。

自分の分の水ようかんは思わぬ来客であった七瀬に出してしまったので、花の前には温めたトウモロコシ茶のマグカップだけがある。

晴恵がノンカフェインのルイボス茶のグラスを傾けて、言った。

「よく言うじゃない、お客さんをジャガイモだと思えってやつ」

「それ、カボチャじゃない？」

「あら、私はジャガイモって言われたわよ」

晴恵も小さな頃はピアノを習っていたらしい。

セミプロのバンドボーカルと、子どもの手習いのピアノでは背負っているものは違いすぎるが、緊張という意味では同じだろう。

「カボチャだと思う。だってジャガイモは小さすぎるよ」

「……たしかに」

人間の頭がジャガイモサイズだったら怖いし、人間の頭サイズの巨大ジャガイモが客席に並んでいたら恐怖だ。

遺伝子組み換えで巨大になったジャガイモが、人格を持ってコンサートにやってきた様子を想像する。

……こわい。

やはり、カボチャが適切な大きさかもしれない。

「……花ちゃん？」

「あっ、すみません。なんでもないです」

しまった、と花は赤面する。

巨大ジャガイモを想像してボーッとしてしまっていた。

寝不足の日が続くと、どうしてもこうなってしまう。

詩笑夢も晴恵も、特に気にした風でもないのが救いだ。

あすなろ荘の住人は、いい意味で他人に興味がないところがあるのがありがたい。

風呂やリビングを他人と共有する生活をできるのは、そういうことだろう。

晴恵が自室に引き上げて、シートタイプのメイク落としを持ってきてくれた。

花も外に出ないまでも薄くメイクをしていたので、ありがたく頂戴した。

「はい。たまには楽しないとね」

もうすでに日付が変わっている。

明日は土曜日。

晴恵がこの時間まで起きているのは珍しい。

早寝早起きが、晴恵の美容の秘訣なのだ。

「あとは、ルーティン……かしらね」

「ルーティン?」

「ええ、こういうやつ」

晴恵が忍術を使うような仕草をする。

ルーティンというのは、集中状態に入るために一定の仕草や行動をすることらしい。

一昔前に、スポーツ選手の独特な仕草が話題になった。

晴恵が真似て見せたのは、それだ。

「スポーツ選手だけじゃなくて、アーティストもルーティンを持っている人が多いんだとか」

一気に深く集中すること。

集中力を持続すること。

緊張を味方につけるために必要なことだ。

「私も、前の仕事のときにはあったのよ。ルーティン」

「前の仕事って……」

「輝かしきナンバーワンホステスね」

「えっ！」

「あら、言ってなかった？　私、けっこう人気者だったのよ」

晴恵はかつて、新宿で圧倒的な人気を誇るホステスだった。

住んでいたのも、都心のタワーマンション。

そのままママにならないか、という誘いを断って、会社員としてキャリアをリスタートした。

その際に、このあすなろ荘に越してきたのだという。

違う世界を見たい、と。

たったそれだけの理由で、人生の昼夜を自らの意思で逆転させたのだ。

「世界一いい女になるためにね、こうして……こうするの」

晴恵は中指をこめかみに当てて、くるくると円を描いた。

そのまま指をそっと離して、両手を合わせて目を閉じる。

口の中で何事かを呟いて、ゆっくりと目を開けた。

その表情は、さきほどまでの仕事帰りの会社員のそれではなくなっていた。

綺麗だ。

神々しい微笑みを浮かべている。

世界一いい女、というのはあながち嘘ではないようだ。

けれど。

「……うーん……ルーティン、か……」

詩笑夢はピンと来ていないようだった。

花はふと、疑問を投げかける。

「その……今までは、どうしていたの？」

「え？」

「ライブ、はじめてじゃないでしょ」

「そう、なんだけど……うーん……」

実際にお客の前に出てのライブが、流行病のせいでほとんど行われなかった。そんな中でも、人生のページは進んでいく。

実家から離れて音大に入学した詩笑夢は、配信や録音が容易に行える防音室があるあすなろ荘に入居してきたらしい。

「……高校の頃は、そこまで緊張しなかった気がする」

「そうなの」

「わかんない、ほら、高校生って無敵じゃん」

そう言ってから、詩笑夢はやっと水ようかんを口にした。

ほぅっと小さく溜息。

少しだけ、詩笑夢の気持ちがほどける音がする。

「高校生が無敵、か。ちょっとわかる気がする」

晴恵が頷いた。

「まあ、私はほとんど学校に行ってなかったけどね」

「え、そうだったんですか」

「そう。意外と不良だったの」

肩をすくめる晴恵に、詩笑夢が小さく笑った。

「私と同じじゃん、学校サボってカラオケのフリータイムとライブハウスに入り浸ってたよ」

「うふふ、可愛《かわい》らしいエピソードじゃない」

「歌うの、好きだったから。人の歌を聴くのも好き」

まだ二十歳そこそこの詩笑夢にとって、高校時代というのは遠くはない過去のはずだ

——少なくとも、二十五歳を過ぎた花よりは。

それでも、遠い日のことを思い出すような表情をする詩笑夢。

「最悪の気分のときもあったし、世界で一番自分が不幸って思ってるときもあったけど……やっぱ、無敵だった」

花もかつて十代だった頃のことを思い出す。

恵まれていた、と今になれば思う。

家庭という鳥かごに守られて、ぴーちくぱーちく文句を言って。

いつか自分ひとりの力でちゃんとした生活をするのだと息巻いていた。

考えてもわからないことを、考えずにいられた。

自分の未来は大丈夫なのだと信じていられた。

眠れぬ夜はなかったし、夜明けに怯えることはなかった。

無敵だった。

——でも、今は。

「水ようかん、美味しいわね」

晴恵の独り言に、足音が重なった。

石けんの匂いが、キッチンに漂う。

「鹿嶋さん」

「……こんな時間にどうした」

風呂上がりの鹿嶋が、ラフなTシャツ姿。

ゆるくうねる黒髪が濡《ぬ》れて、普段よりも重く垂れ下がっている。

花は思わず、目をそらす。

（……いや、別に目をそらす必要はないんだけど……）

服も着ているし。

なんなら、普段よりもこざっぱりしているし。

「えっと、今みんなで夜食を食べてたところで」

「水ようかん……？」

「はい」

「それ、俺も食べていいか」

「えっ」

「…………なんか、変か」

普段どちらかといえば食欲の薄い鹿嶋が、水ようかんに興味を示したのがなんだか意外だった。

「ん、風呂上がりはやっぱりこれだな」

最後の一つの水ようかんを満足げに食べている鹿嶋の前に、砂糖を入れた麦茶を置いた。

「……山本。風呂入ってきたらどうだ？」

「え？」

「今、ちょうど空いたから」

鹿嶋がぼそりと言う。

「気分も変わるかもしれん」

言葉が少ないながらも、気遣いが滲む。

聞けば、わざわざ風呂掃除をしてくれたそうだ。

「私もあとで入りたいから、湯船にお湯をはってくれない？」

晴恵が後押しする。

家で待っている美味しいものと、ゆっくりと温まれる湯船。

落ち込んでいる人に必要なのは、多分その二つだ。

……いや。

「私たち、まだ起きているから」

晴恵が微笑む。

むっつりと黙ったままだけれど、鹿嶋はゆっくりと水ようかんを食べている。

詩笑夢が風呂から上がるまではダイニングにいるつもりだろう。

「……ありがとう」

美味しいものと、温かいお風呂。

それから、自分を待っている人。

そんなものがあれば、無敵にはなれなかった大人たちも、少しは強くなれるのかもしれない。

◆

花のスマホが震えた。

見知らぬアカウントからだ。

「七瀬さん」

去り際のどさくさに紛れて、連絡策を交換したのだった。

送られてきたのは、動画だった。

『シホさんの歌です』

と、一文。

スタジオ内とおぼしき風景。

浮かない顔の詩笑夢が歌っている。

花がはじめて耳にする、アンプに繋いだエレキギターやベースの音は驚くほどに大きくて、画面越しでもビリビリと花の鼓膜を震わせる。

「おお、本格的ね」

と、花のスマホの画面を覗き込む晴恵。

ちらり、と。廊下の奥にある風呂のほうを見る。

詩笑夢はまだ風呂に向かったばかりだ。

先程、晴恵がとっておきだという入浴剤とミニボトルの高級シャンプーを手渡していた。

動画を再生する。

さすがに上手い……というか、詩笑夢の不思議と人を惹きつける華のあるオーラが歌声として出力されることで、より耳を引く。

(でも……)

詩笑夢の声は固くて、時折、喉が締まって苦しそうだ。

「本調子じゃなさそうだな」

興味なさげに水ようかんをつついていた鹿嶋が、ぼそっと言った。

何よりも、詩笑夢が辛そうな顔をしているのが、痛々しい気持ちになる。

詩笑夢は夜勤から帰ってくると、いつも何か鼻唄を口ずさんでいる。

口ずさんでいる歌は聞こえないけれど、そのときの詩笑夢はとても楽しそうだったのだ。

「…………」

そっと、花はスマホの画面を閉じる。

柱時計が、ぼぉんと一つ、鐘を鳴らす。

時刻は一時だ。

「……あっ」

そうだ、と思い出す。

明日の朝食を仕込まなくては。

花はキッチンに立った。

フレンチトースト。

牛乳と卵と砂糖で、卵液を作る。

耳を切り落とした食パンを卵液に浸した。

ポイントはパンを押しつぶさないこと。

中までしっかりと卵液が染みこんだ、フレンチトースト。

バターでゆっくりと焼き上げて、白砂糖とメープルシロップをかけていただく休日の朝食だ。

これはもう何度も作ったレシピ。

すでにノートを見なくても作れるようになった。

明日は土曜日。時間が卵液をパンにたっぷりと染みこませてくれる。

焦らない。

ホテルメイドのようなフレンチトーストにするのは難しい。

けれど、たっぷりの時間が解決してくれるのだ。

「……よしっと」

大きなタッパーに四人分の食パン。

あとは冷蔵庫に任せればいい。

六時間後の朝食のときには、卵液をたっぷり染みこませた贅沢なフレンチトーストができあがっているのだ。

タッパーを冷蔵庫に入れてほっとしたところで、やらかした。

「ああっ！」

わずかに中身の残っていた牛乳パックを冷蔵庫に戻そうとしたところで、つるりと指が滑った。

結露した牛乳パックの、滑りやすいことといったら！

キッチンの床に、牛乳がこぼれてしまった。

「ああ……最悪……」

牛乳はきちんと拭かないと臭くなる。

キッチンマットにこぼれなかったのが幸いだ。いや、キッチンマットにこぼれていれば洗濯すれば簡単に万事解決していたので、そちらのほうがあまり面倒じゃなかったのか。

ぞうきんと掃除セットを取りに行かなくては。

はあ、と溜息をひとつ。

まったくもって、嫌になる。

けれど——あすなろ荘にやってくる前であれば、もっともっと落ち込んでいたかもしれない。

牛乳をこぼした程度のことで、この世の終わりかと思うくらいに落ち込んで、人生について考えてしまっていたかも。

あすなろ荘に来て、いい意味で図太くなった気がする。

毎日の朝ごはんを作っていると、同じメニューでも気温や湿度、少しの火加減でちょっとずつ仕上がりが違うことが分かった。

たとえば、おととい作ったサーモンの漬けだって切り身の厚さによっても味が濃くなったり薄くなったりするわけだ。

メインのおかずが濃い味になってしまったなら、味噌汁ではなく出汁に僅かに塩味をつけたお吸い物を汁物にすればいい。

薄味になってしまったのなら、醤油を回しかけて味を調整したり、漬物を添えればいい。

「ええっと」

掃除セットは脱衣所の洗面台の下に収納されている。

ぞうきんや床用の洗剤のセットが入れてあるカゴを取り出す。

たいがいぞうきんを探しているときは慌てているから、と使うものをセットにして取り出しやすくしているのだ。

葉子の作り上げたあすなろ荘の過ごしやすさを、花は日々感じている。

「よいしょ！」

カゴを持って立ち上がる。

すると、風呂場から、歌が聞こえてきた。

「……詩笑夢ちゃん」

風呂で、詩笑夢が歌っている。

先程、七瀬から送られてきた動画とは違う、澄み渡った、伸びやかな声。

思わず、手が止まった。

溝の口駅にあるペデストリアンデッキでは、よく弾き語りをしたり、楽器を奏でたりしている演奏家がいる。

川崎市は音楽振興に力を入れていて、特に川崎駅や溝の口駅などのターミナル駅では駅周辺での演奏活動が盛んなのだ。

花もあすなろ荘に来てから、買い出しの際などに演奏を聴く機会がある。

録音ではない生演奏というのは、やはり独特の迫力がある。

と、同時に、演奏者の魅力のあるなしがダイレクトに伝わってくる。

花は駅を歩いているときに、何度か思わず足を止めてしまったことがあった。

引力、とでもいうのだろうか。

奏でられる音に肩を摑まれるような感覚がして、足を止められた。

詩笑夢の歌声は、そういう響きがあった。

歌がうまい、というのは前提だ。

それ以上の何かが、詩笑夢の声にはあるように思った。

それが、彼女がボーカリストとして成功するとか、プロのシンガーとして生きていくとか、そういうことに繫がるかはわからない。

けれど。

少なくとも今、風呂場にぞうきんをとりに来た花の心は、詩笑夢の歌に心を摑まれている。

じっと聞き入ってしまっている。

詩笑夢が一曲を歌い終える。

恋文を書き終えて、ペンを手放すように大切に。抱いていた子猫を地面に下ろすように、そっと。詩笑夢が最後の音を歌う。

思わず、拍手をした。

「ひっ！」

風呂場から、ばっしゃあっと派手な音がした。

湯船の中で大暴れしたのだろうか。

「は、はは、花さん！」

「ごめん、驚かせちゃった……」

「あ、いやあぁ」

「すごく、素敵な歌だったから」

「ひー……」

ぶくぶく、と詩笑夢が湯船に沈没する音がする。

照れているようで、「ひー」とか「わー」とか声がする。

「ご、ごめん……拍手とかしないほうがよかった、かな」

「ううん。その……面と向かって、人に反応されるの、びっくりしちゃって！」

ひゃー、とおどけた声は、いつもの詩笑夢そのものだ。

さきほどまでの少し掠れた切ない歌声は想像できない。

「邪魔してごめん、ゆっくり温まってね」

花は浴室をあとにする。

胸がきゅっと締め付けられるようだった。

まるで恋をしたみたいな、小さなとげの刺さったような痛み。

——どうにか、応援したい。

詩笑夢の歌声を、少しでも届けたい。

かつて瀬島カントの小説をはじめて読んだときのような、そんな胸の高鳴りを感じた。

◆

ほわり、と。

湯気と石けんの匂いが、ダイニングに流れ込んできた。

鹿嶋の使っているミントのシャンプーとは違う、白檀《びゃくだん》とシトラスの入り交じった香りだ。

「おかえり」

晴恵の声に、振り返る。

バスタオルを頭からかぶった詩笑夢が、ダイニングの入り口にばつが悪そうに立っていた。

「……花さん、お先にお風呂いただきました」

照れくさそうに詩笑夢が頭をさげた。

晴恵からもらったミニボトルのシャンプーは上等なものだったようで、普段はうねりがちな詩笑夢の髪の毛がしっとりとまとまっている。

「あ、ちょっと髪の毛乾かしてくるね」

「うん、いってらっしゃい」

時刻は、二時。

普段であれば、あすなろ荘のダイニングは静まりかえっている時間だ。

柱時計の針がカチンコチンとやたらと大きな音で秒針を進めている音を聞きたくなくて、小さな音でラジオをかけて朝食の仕込みをすることがある。

しんと静まりかえった夜に、外からはトラックの走る音がする。

真夜中に、世界にひとりだけ取り残されたような、そんな気分になる。

今も時々、あすなろ荘のダイニングテーブルにひとり座っていると、まるで銀河を漂う宇宙船のなかでひとりぼっちでいるような気持ちになる。

ラジオは無線。

あすなろ荘の前を走り抜けるトラックは隕石。

眠れない夜の孤独を噛《か》みしめる時間だ。

けれど、今日は違う。

金曜の夜から、土曜日の朝にゆっくりと移ろいゆく時間。

詩笑夢のことを心配して、晴恵と鹿嶋がテーブルについたままで待っていた。

一週間働いていた晴恵は、時折うつらうつらしている。

鹿嶋は一度部屋に戻りいつものヘッドフォンを首にかけてもどってきた。

癖の強い髪の毛はしっとりと濡れたままだ。

「……ドライヤーはしないんです?」

「ん、めんどうくさい」

「あ、そうですか……」

自分のことに無頓着な男だ。

あすなろ荘に来るまでは、忙しさと疲れに任せて乱れに乱れた生活習慣をしていた花も他人のことは言えないけれど。

セルフネグレクト、という言葉を何かで聞いたことがある。

自分自身のケアをすることを放棄して、心身の調子を崩してしまう。

どこか傷ついた人たちは、多かれ少なかれ、そういう傾向がある……ような気がする。

そういう人だからこそ、鹿嶋が水ようかんを食べたいと言ったのは不思議だった。

「ごちそうさま」

長い時間かけて食べていた水ようかん。

すっかりぬるくなっていただろうに、最後の一口まで美味そうに食べる鹿嶋だった。

「……好物なんですか？」

「葉子さんが、よく買ってきてくれる。食欲がなくても食えるから」

「定番なんですね」

花が小学生のときから変わらない。

きっと、長いことこのあすなろ荘に暮らしている鹿嶋にとって、この水ようかんは、ほっとする味なのだろう。

「葉子さん、俺たちが元気がないときに、絶対この水ようかんを買ってきてくれるんだ」

「元気がない、とき？」

はて、と思う。

毎年の夏、水ようかんを買いに行ったときに、誰か元気がなかったのだろうか——もしかして。

（……私？）

そうか、と花は思う。

夏の終わりの味がした、水ようかん。

あれは夏休みが終わって、二学期が始まる気配がして……たしかに、気分が重くなっていた。

葉子はそれを察してくれていた、ということか。

気恥ずかしいような、ありがたいような……。心の器に、温かなスープが満たされたような、そんな気分だ。

花がキッチンを清掃していると、詩笑夢が部屋から戻ってきた。

青白かった頬に朱色が差して、表情も柔らかくなっていた。

「おかえり」

晴恵がダイニングテーブルの椅子を引く。

「どう、詩笑夢ちゃん。少し、気分はよくなった？」

「……うん」

晴恵の問いかけに、詩笑夢が頷く。

その声も柔らかい。

よかった、と花は胸をなで下ろす。

バスタイムが少しでも詩笑夢の気分をよくしてくれたのなら、毎日浴室をピカピカに掃除している甲斐があるというものだ。

ダイニングテーブルのいつもの席に、おのおのが座る。

晴恵の隣が、詩笑夢の指定席だ。

きちんとルールで決まっているわけではない。

それでも、なんとなく座る場所が決まっている。

あすなろ荘の住人は、ゆるい習慣で繋がっている。

「そのシャンプー、すごくいい匂いね」

花が言うと、詩笑夢は気恥ずかしそうに微笑んだ。

「うん、ありがとう。晴恵ねぇ」

詩笑夢がミニボトルを晴恵に返そうとするが、晴恵はそれを受け取らなかった。

「いいえー。そのボトルあげるから、気分をあげたいときにどうぞ」

「いいの？」

「うん、実を言うと試供品なの。お得意先からいただいてね。他にもいる？」

「え、ほしい！」

「オーケィ、今度持ってくるわね」

本当の姉妹のような打ち解けた会話だ。

詩笑夢の声に、どんどん生気がもどってくる。

いつもの、なんともない会話。

何か特別なことをするわけでもない。

いい話とか、教訓話とか、そういうのをぶつけるわけでもない。

ただ詩笑夢のことを待っていて、いつものように過ごすこと。

それが、何よりも大切なのだと、花は思った。

やがて晴恵の表情がとろんとしてくる。

「……ふぁ、眠くなってきた」

時刻は二時半になろうとしている。

眠いに決まっている。

あくびを連発する晴恵に、自室から持ってきたPCを開いて作業をはじめた鹿嶋が言った。

「……あんた、もう寝たらどう？　風呂は明日でもいいだろ」

「うー……そうねぇ……おやすみ、詩笑夢ちゃん」

「おやすみ」

「おう」

身内の気安い挨拶。

少し羨ましいな、と花も思った。

けだるげに立ち上がって廊下に向かう晴恵が、「あっ」と立ち止まった。

「ねえ、花ちゃん。詩笑夢ちゃんのライブって、来週の土曜だっけ？」

「そう、ですね」

スマホで撮影していたたポスターを確認して頷く。

晴恵がニッコリと微笑んだ。

「それ、みんなで行かない？」

「え、ええっ」

「いいじゃないの、チケット代は私が持つわ」

「え、ちょ、あの！　恥ずかしいって……私、どうせ」

「どうせ？」

「……あっ」

詩笑夢がぽかんと口を開けたまま、固まった。

どうせ。

……どうせ、なんて。

そんな言葉が言いたいわけではなかった、という表情だ。

「楽しみにしてるわね、おやすみ」

晴恵が部屋にもどっていく。

軽やかな足音だ。

「……俺も、作業するわ」

鹿嶋もノートPCを持って立ち上がる。

ちらりと画面が見えた。

縦書きの文字列。

鹿嶋が、小説を書いている。

数年間音沙汰がなかった瀬島カントが、小説を書いている。

瀬島カントの小説に、背中を押されたことがある。

だから、花も――。

「……お腹空いてない？」

「え？」

「水ようかんしか食べてない、よね」

「えっと、その……」

今朝から何も食べていないはずだ。

風呂で身体がほぐれたからか、詩笑夢が胃のあたりをさする。

「お腹、空いたかも」

真夜中二時の夜食。

冷凍庫から、小分けにしたごはんを取り出す。

炭水化物。

深夜二時の、炭水化物。

罪の味だ。

「梅茶漬けと鮭茶漬け、どっちがいい？」

「鮭！　私、鮭大好き」

「了解」

朝のサーモンの漬け。

残りのサーモンをグリルでさっと炙る。

夜食にバター焼きはヘビーだ。

鮭の切り身を細かくほぐして、解凍したごはんに載せる。

「えっと、今日は出汁がないので……これで」

明日の朝ごはんのメニューはフレンチトーストと決まっている。

昆布を一晩かけて戻す出汁汁は仕込んでいない。

食器棚の引き出しをあける。

朝ごはんノートに「秘密兵器入れ」と書かれている引き出しだ。

インスタントのお茶漬けの素や、袋麺がいくつか入っている。

鮭、と書かれているお茶漬けの素を取り出す。

手間も工夫もない、便利なお茶漬けの素。

葉子の「朝ごはんノート」の片隅に、もしもの時のために用意しておくべきものとして、冷凍ごはんとお茶漬けの素、いくつかの種類のインスタントラーメンがあげられていた。お腹を満たすために食べられることもそうだけれど、「選べること」が人の心を豊かにする——と。

なんとなく、わかる気がする。

選べることは、豊かなことだ。

それがたかが、お茶漬けの素やインスタントラーメンの味だったとしても。

解凍したごはんに、お茶漬けの素をふりかける。

焼き上がった鮭を細かくほぐす。

電気ケトルで沸かした熱いお湯をかけた。

「どうぞ」

「あ、ありがとう……」

「どうしたの？」

「ううん、鮭……」

「鮭？」

「ほぐしちゃったのかぁ……って、ごめん！　せっかく作ってくれたのに！」

「えっ、鮭茶漬けってこういうものでしょ⁉」

花の家では、鮭茶漬けといえば細かくほぐした鮭を入れるのが定番だった。

夜勤明けに、朝ごはんを食べる花の向かいで晩酌……いや、朝酌をする父が、さらさらと掻き込んでいたお茶漬け。

鮭茶漬けは、父の好物だった。

徹夜明けで、さらには酔っ払っている父が万が一にも魚の骨を喉に詰まらせたりしないように、母が心を配っていたものだ。

安売りの鮭を焼いて、せっせと鮭フレークにする作業は幼い頃に花も手伝った覚えがある。指先からしばらく鮭の脂のにおいが消えなかったことも。

「鮭茶漬けっていえば、ごろっとした鮭だよ！」

詩笑夢が力説する。

「そうなんだ……骨とか入っちゃいそうだけど」

「骨からも出汁がでるよって、ばーちゃんが」

「ばーちゃん？」

「うち、両親がいなくて」

詩笑夢がお箸の先でお茶漬けを泳がせながら、ぽつりと言った。

彼女の過去の話を聞くのははじめてだった。

「詩笑夢、なんてさ……ちょっとびっくりする名前でしょ。大げさっていうか……煌《きら》びやかな名前を子どもにつける人っていうのは、子どものことペットだって思ってるんだってさ」

そんなことは——と言いかけて、花は口をつぐんだ。

今必要なのは、正しい言葉ではない。

詩笑夢の言葉を聞くことだ。

「だから、棄てられちゃったんだよね……それで、育ててくれたのがおばあちゃん」

花はパッチワークのエプロンの皺をぴっと伸ばして、詩笑夢の隣の椅子に腰掛けた。

「おばあちゃんが、よく鮭おにぎりを作ってくれたんだ」

懐かしそうに、詩笑夢が微笑む。

「こっち出てきてから、全然会えてないんだけど……電話とかはしてて、さ」

さくさく、とごはんの山を崩す。

温かい出汁茶を啜《すす》って、詩笑夢はほうっと一息ついた。

「おばあちゃんも、ずっと働いてて……私が音楽やるために、お金貯めてくれててさ……。

それでも、いつも朝ごはんを作ってくれて……それが、鮭のおにぎりだったのね」

「へえ！」

「すごく大きいの、爆弾おにぎりだよ」

花は女子高生の旺盛な食欲を思い出す。

たしかにあの頃は、大きなおにぎりをぺろりと平らげることができた。

「それがさ、骨も皮もはいったごろっごろの鮭なのね。お歳暮でもらうおっきな半身の鮭を冷凍して使ってたの。あんまりにもおにぎりも鮭も大きくて、ぶっとい骨とか入ってて……信じられないでしょ。でも、それがおいしくて！」

おにぎり、か。

花は思う。

朝ごはんに、小さなおにぎりをたくさん作ってお味噌汁と一緒に出すのも面白いかもしれない。

全員が休日の朝に、直径が四〇センチもある大皿いっぱいにサンドイッチを作る朝ごはん……というのが、「朝ごはんノート」の最後のページに書かれていた。

ハムサンド、きゅうりサンド、たまごサンド、いちごジャムサンド……色々なサンドイッチを、ぎゅうぎゅうに寄せ集めた皿を想像するだけでも楽しい。それはおにぎりも同じことだ。

「それで、鮭おにぎりにお茶漬けの素かけて、それでお湯をかけると鮭茶漬けになるって気づいてさ」

「あ、たしかに」

それは美味しいかもしれない。

お茶漬けは、炊きたてのごはんよりも時間が経ったごはんのほうが美味しく感じる。不思議だ。

「だから、鮭はでっかくてゴロゴロしてるもんだと思ってたんよね」

「なるほどね」

「……その頃、おばあちゃんが作っててくれたおにぎりをさ、夜遅くに食べることが増えたんだ」

年齢を偽ってライブハウスに入り浸ったり、友人の奏でるギターに合わせて路上で歌ったりすることもあったらしい。

詩笑夢にとっての青春の最初の一ページ。

その頃には、緊張で声が出なくなることもなかったのだろう。

「一度さ、そのおにぎりを忘れたことがあって。なんか、それだけですっごく落ち着かなくてさ。そしたら、おばあちゃんが……」

祖母との思い出を話す詩笑夢の表情は、柔らかくて。楽しげで。

あ、と。

花は息を飲んだ。

そうだ。きっと——詩笑夢の歌を、「シホ」の歌をちゃんと届ける方法があるはずだ。

「……詩笑夢ちゃん」

「ん？」

「土曜日のライブ、やっぱりみんなで行くわ」

「で、も……」

「きっと、大丈夫」

花は頷いてみせる。

こうやって断言するのは怖いけれど。

それでも、自分はこうして自信たっぷりに振る舞うべきだと、花はそう思った。きっと、
葉子なら明朗快活に笑ってこの場に立っているはずだ。

――花は、あすなろ荘の大家代理なのだから。

◆

――葉子から浮かれに浮かれたメッセージが届いた。

詩笑夢のライブ当日だった。

……そのメッセージで、目を覚ました。

「うわあああっ」

夜八時からのライブ。

時刻は午後六時四十五分——危なかった。

出かけるためにシャワーを浴びて、そのまま眠ってしまっていた。

スマホの画面には、葉子の浮かれた笑顔が表示されていた。

『スイカ、最高！』

——と、海で見知らぬ人々とスイカ割りにいそしんでいたようだった。

温泉地巡りはどうしたんだ、というツッコミすら追いつかない。

大家があすなろ荘に戻ってくるのは、まだ先のことだろう。

スイカ割り楽しくてよかったね、おばあちゃん——とほっこりしつつ、そういえば花自身はスイカ割りというのをした経験がないのを思い出した。

髪を整えて、よそいきのワンピースに袖を通す。

簡単に化粧をして、ダイニングへ行く。

出かける支度を先に終えていた鹿嶋が麦茶を飲みながら、スマホの画面を眺めていた。

鹿嶋にも葉子から同じ写真が送られてきていたらしい。

「……スイカ割りか。架空のイベントだと思っていた」

「あ、鹿嶋さんもですか」

「ああ、いにしえのライトノベル畑で栽培されてる青春の風物詩だろ……」

「なんでそんな遠い目を……っ！」

「いや、別に。お祭しの通り、明るい青春は過ごしてなかっただけだ」

外出にするにあたって、普段よりもパリッとしたTシャツにジーンズ姿の鹿嶋は、神経質そうな骨張った身体つきも相まって、雰囲気がある。

カレーショップが運営しているライブハウスでは、特製のチキンカレーを提供していると詩笑夢から聞いていたので、夕食はそこでとることにしている。

「晴恵は会社から直接行くらしいぞ」

「じゃあ、行きましょうか」

あすなろ荘を出る。

夕日が多摩川の上流から、煌々と世界を照らしている。

橙色に染まった道を歩いて、溝の口駅へ向かう。

大山街道は、赤坂から溝の口や厚木を通り、大山までを貫いている。

その昔は、大山参りといって参拝と慰安旅行を兼ねた旅行の道だったらしい。

だらだらと歩くこと三十分で溝の口にたどりつく。

夏の夕暮れの風は生ぬるくて、それでもひんやりとした川の涼気をはらんでいる。

少しだけ汗をかきながら歩いた。

日が沈んでいく。

花は、バッグに入れた包みを見る。

マリメッコ柄の巾着に包んだ、詩笑夢への差し入れ。

巾着の表面に、保冷剤が四角く浮き出ている。

「……そういえば、なんか最近よく出かけてるな」

「え？」

「昼間……つっても、夕方だが。最近までずっと家にいたのに」

「ああ、それは——会いに行きたい人がいて」

スイカ割りを楽しむ葉子からのメッセージ。

それを、少し遡ると通話履歴が刻まれている。

どうしても、聞きたいことがあったのだ。

「へえ、恋人か？」

「……デリカシー、ないほうです？」

「そうかもな」

肩をすくめて見せる鹿嶋。

この数日、花はいつもよりも夜に眠れるようになっていた。

朝ごはんの仕込みを終えて、あとは食卓に並べるだけ……という状況にして、布団に入る。

すると、ほんの数分から数十分だけれど、うつらうつらすることができるのだ。

翌朝は、やはり酷い倦怠感と手足の重さに悩まされたままだけれど、布団に入ってからの安らかな気持ちは、久々に感じるものだった。

誰かのために、何かをすること。

それが花の夜に、充足感と安らぎを与えていた。

◆

みぞのくちシアター、という簡素でこじゃれたロゴが目印だった。

昼間はカレーショップ、夜はバー。

その地下に、ライブハウスがある。

階段を下りてガラス張りのドアを開けると、冷房できんと冷やされた空気が肌を撫でる。

「あ、花ちゃん、鹿嶋くん！」

「晴恵さん」

「こっち、ドリンクカウンターね」

ワンドリンク制のチケットと引き換えに、花はウーロン茶を、鹿嶋はコーラを受け取った。

晴恵は、一度では聞き取れない名前のカクテルを飲んでいた。

「えっと、詩笑夢ちゃんは……」

フードオーダーで特製チキンカレーを注文する。

ライブが始まるまで、二十分。

「一応、楽屋みたいなのがあるらしいぞ」

カウンターに立っている店員に話しかけると、楽屋に案内してもらえた。

少し奥まったところにある楽屋のドアを、どきどきしながらノックする。

楽屋、なんてところに来たのははじめてだった。

大層なものではなく、言ってしまえばただの小部屋なのだが、関係者用スペースというだけで、ちょとした秘密基地感がある。

「すみません、ぽえ……シホさんに差し入れです」

楽屋口から顔を出した男は、筒状のポテトチップスのパッケージにいるちょび髭のキャラクターにそっくりだった。

ちょび髭《ひげ》をこすりながら、男が首をひねる。

「あ、シホちゃん？　さっきトイレから戻ってきたと思うけど」

ちょび髭氏が楽屋の奥に声をかける。

「……花さん……」

声がか細い。

顔色も悪い。

普段の華やかさもなければ、快活さもない。

ものすごく、緊張している。

鏡台や更衣スペースなどが設置されているようで、床に座ってギターをつま弾く人や、鏡の前でメイクをしている人がいる。

「これ、差し入れ」

「え?」

「少しでも、何か食べて」

「……いや、あんまり食欲が……」

「一口でいいよ」

マリメッコ柄の巾着を押しつける。

もう保冷剤は溶けかけている。

花は祈るような気持ちで、包みを手渡す。

巾着の中身は、鮭おにぎりだ。

詩笑夢の祖母が作ってくれていたという、一緒に育った味。

それから――。

◆

アンコールが終わる。

ライブハウスには、ふわふわとした幸せな空気が満ちている。

「あのボーカルの子、素敵な声ねぇ」

「ほんとに、いい気分」

「地元にこういうバンドがいるなんて、知らなかったなあ」

口々に感想を言い合うお客たち。

カレーで満腹になって、いい音楽を聴いて。

ライブハウスから一歩外に出れば、夏の夜風が吹き抜ける。

「詩笑夢ちゃん、よかったね」

「いいパフォーマンスだったな」

晴恵と鹿嶋が満足げに頷き合う。

違う自分として人前に立って演じるということに晴恵は長《た》けているし、フィールドは違えど、鹿嶋はプロの表現者だ。

その二人からしても、今日の詩笑夢のパフォーマンスは満足のいくものだったようだ。

「花さん！」

詩笑夢に呼び止められる。

とても興奮した声だ。

「あの、ありがとう……っ！　ホントに、さ……私……」

声を詰まらせる詩笑夢の手には、便せんが握られていた。

詩笑夢の祖母からの手紙だ。

「おばあちゃんに、会いに行かなきゃね……」

「うん。待ってるって言ってらしたよ」

花の言葉に、詩笑夢は頷いた。


詩笑夢の故郷は、花の実家がある場所からほど近かった。

溝の口からは電車で一時間半の、温泉街。

詩笑夢の祖母は、その町のケアハウスに入居していた。

花は、詩笑夢の祖母である山本詩歩に会いに行った。

シホ、という詩笑夢の芸名は彼女の祖母からもらったものだったのだ。

自分自身の煌びやかな名前を嫌っている詩笑夢が選んで名乗った名前。

しわくちゃの目元が、どこか詩笑夢に似ているな、という感想を抱いた。

赤の他人が施設の入居者に接触することは難しい……繋いでくれたのは、葉子だった。

（まさか、葉子おばあちゃんがそこまで顔が広いとはね……）

葉子は山本詩歩とマブダチだった。

といっても、詩笑夢が入居してきてから、彼女の生い立ちを聞いて山本詩歩にコンタクトをとったそうなのだが。

施設に入居してから暇を持て余していた詩歩は、葉子との交流を楽しんでいるようで、文通から始まり、今ではビデオ通話をする仲だとか。

葉子が今回の旅行先から送ってきたという絵はがきを嬉しそうに見せてくれた。はがきに短く「お裾分けです」と書いてある几帳面な文字。

ノートでよく見る、葉子の文字だった。

詩笑夢との関わりや、葉子との思い出を話していると、徐々に打ち解けることができた。

詩笑夢が緊張しいだ、という話をすると詩歩はコロコロと笑った。

「昔からそうなのよぉ、だから……」

詩歩は引き出しから小さな便せんを取り出す。

さらさらとペンを走らせて、花に手渡した。

「いつもねぇ、こうしてメッセージを書いてたの」

「……そうだったんですか」

花は恭しく、便せんを受け取った。

きっと、何度も詩笑夢をこうして励ましていたのだろう。

「これとね、あの子の好きな――」

「鮭おにぎり、ですか？」

「あら」

詩歩は少しだけ目を見開いて、またくしゃりと微笑む。

「あの子のこと、よくしてくだすっているのね。本当に」

「こちらこそ、いつも元気をもらっています」

「そう。元気ってのは、あげたりもらったりする間に少しずつ増えていくから不思議ねぇ。普通のものは、すり減ってしまうものだけれど」

――すとんと、胸に染み入ってくる言葉だった。

夜中のキッチンでひとり仕込む朝ごはん。

あすなろ荘の食卓を囲む三人のことを考えながら、不慣れながらに手を動かしているとき、花は眠れぬ夜の心細さを忘れられる。

そうして作った朝食を食べてくれるだけで、花は元気になる。

朝ごはんを囲んでいる間、みんなも少しでも元気になってくれていたらいいと、そう思った。

花の握った鮭おにぎりと、詩歩のメッセージカード。
それが詩笑夢の気持ちを奮い立たせてくれた。
「……よし、と」
夜空を、見上げる。
今日も眠れないかもしれない。
明日の日中のほとんどを、寝て過ごすことになるかもしれない。
それでもこの夜は、怖くない。

【3話】夜の底を泳ぐ、サンドイッチ

あすなろ荘に、小倉葉子《おぐらようこ》が凱旋《がいせん》した。

本来の、あすなろ荘の大家である。

十一月も終わりになろうという頃。

五月の半ばにやってきた花は、半袖の服をすべてしまい込んでしまった。

出発も突然、その旅の終わりも突然だ。

久しぶりの晴れ間。

あすなろ荘のダイニングには、あたたかな日が差し込んでいる。

昭和レトロの窓ガラスを通して、日の光が花の背中を温める。

詩笑夢《ぽえむ》が弾んだ声で、ダイニングに駆け込んできた。

尻尾《しっぽ》を振って飛び跳ねる子犬のようなテンションで、可愛らしい。

「葉子ちゃん、おかえり！」

「ひっさしぶりね、詩笑夢ちゃん！　コンサート、行けなくてごめんねぇ」

「ううん、言ってなかったし」

葉子を実の祖母のように慕っている、おばあちゃんっ子の詩笑夢は葉子のそばを離れない。

葉子が帰ってきたことが、よほど嬉しいのだろう。

「それに、花さんが来てくれたしね」

「ううん、私は楽しませてもらっただけだよ」

「花さんの鮭おにぎりがなかったら、歌えてなかった……あっ」

詩笑夢のスマホが震えた。

勤務中の晴恵《はるえ》から、あすなろ荘のグループチャットに連絡があったのだ。


——葉子さんの凱旋祝いしましょう！　何か買って帰ります。

——よろしく！　ぽえむはお酒飲みたい！

——了解！

——おつまみはこっちで作るよ、花ちゃんもいるしね。

——えっ！　私？

——てか、かしまっち既読無視？

——仕事してるのかも。

——だといいけどね。

グループチャットが、かつてない速度で動いている。

日本一周旅行は葉子の『休暇』だったため、その間はオープンチャットから退出していたのだ。

葉子がいるだけで、あすなろ荘に光が差し込む。

詩笑夢が煌々と光るネオンの灯ならば、葉子は太陽。

花は、そっとアプリを落とす。

葉子が帰ってきたことは嬉しい。

けれど、どうしてだろうか。

花は少しだけ寂しい気持ちになっていた。

あすなろ荘にやってきた頃には、この下宿の大家が自分に務まるとは思っていなかった。

半年近くこの場所で暮らした今となっては、あすなろ荘は花の居場所だ。

夏休みを過ごす特別な場所ではなく、日々を生きる大切な家だ。

葉子が帰ってくることで、その居場所が奪われるのではないか——そんな不安にかられていた。

馬鹿な考えだ。

そもそも、その居場所を与えてくれたのは葉子なのだ。

「奪われる」だなんて考えること自体が傲慢すぎる、身勝手すぎる……とは分かっていても、胸にくすぶる不安は消えることがなかった。

大切に使ってきた二冊のノートも、葉子に返却しなくてはいけない。

あすなろ荘の大家としての申し送り事項が書かれた、大家ノート。

そして——毎朝、住人全員で食べること。あすなろ荘のルールのために、花が預かった「朝ごはんノート」。

名残惜しくてぱらぱらとページをめくる。

その手元を覗き込んで、葉子がふっと微笑んだ。

「花ちゃん。それ、朝ごはんノート?」

「え、うん。そうだけど」

「たくさん、書き足してくれたんだね」

「うん。書けば、忘れないから」

はじめのうちは、朝ごはんノートに書いてあるレシピやインターネットで調べたレシピをそのまま作っていた。

けれど、今の住人にとってちょうどいいレシピというのがある。

どちらかといえば甘党の多いあすなろ荘の住人は、フレンチトーストは甘めを好む。

卵液に入れる砂糖の量は多めで、焼くときの火加減はうんと弱火にする。

片面を焼いたあと、もう片面を焼き上げるときには加熱時間は一分ほど少なめにする。

すでにパンが温まっているから、そうしないと焦げ付いてしまうのだ。

たっぷりのバターで風味豊かに焼き上げるのが、詩笑夢の好み。

対して、健康志向の晴恵にはオリーブオイルで焼いたものを出す。

甘い卵液を吸ったパン生地をオリーブオイルで焼き上げて、ベーコンエッグを乗せると、鹿嶋向けの満足感のある朝食のプレートになる。

はじめはフレンチトーストの片面を真っ黒に焦がしていた。

少しずつレシピを調整して、そのたびにノートに書き込んだ。

今や、ノートを見なくても「花の」フレンチトーストを作ることができるようになった
――はずだ。

「そう。ありがとうね、花ちゃん」

「ううん」

「また、そのうち世界旅行に行くつもりだからね。そのときは、よろしく」

「おばあちゃん、世界旅行なんて行ったら何年も帰ってこなさそう……」

「あはは！　たしかに、先にお迎えがくるかもね！」

「葉子ちゃんってば、縁起悪いこと言わないでよ」

「そうよ。無事に帰ってきたばっかりだっていうのに」

思わず、詩笑夢と顔を見合わせてしまった。

年寄りというのは、どうして自分の死を冗談にするのだろう。

ケラケラ笑えるのは、どうしてだろう。

それを聞いている花は、チクリと胸が痛むというのに。

「このノート、返すね。おばあちゃん」

「あら、花ちゃん——」

葉子の言葉を遮るように、柱時計が鳴る。

ぼぉん、ぼぉん……ぼぉん……。

午後三時を告げる、三つの鐘だ。

窓から差し込む日差しが、わずかに赤みを帯びている。

もう、夕方にさしかかっている。

夏を超えて、日が短くなった。

それは、夜の時間が延びたということで——。

「あら、おやつの時間ね」

「うー……うん」

葉子のお土産《みやげ》のちんすこうに詩笑夢が手を伸ばす。

今回の旅の終着地は沖縄県だったらしい。

花もそれにならって、ちんすこうに手を伸ばす。

紅芋味のちんすこうは素朴な甘さで、サクサクとした食感が楽しい。

葉子の淹れてくれたとっておきの緑茶は、花が淹れたものとは比べものにならないくらいに美味しかった。

急須も、お湯も、お茶っ葉も、すべて同じものを使っているはずなのにだ。

花は、なんともいえない気持ちで茶をすする。

きっと葉子は、花よりもなんでも上手くやる。

当然だ。

もう何十年も、この家の大家をやっているのだ。

少しは慣れてきたものの、花は足下にも及ばない。

花はいまだに夜まともに眠ることができなくて、昼間はぼんやりとしている。

そのことを少しずつ受け入れて、そんな自分にできるやり方で朝ごはんを作ってきた。

けれど、花が夜をついやして作る朝ごはんを、葉子は朝起きてからあっという間に支度してしまうに違いない。

三時のおやつを楽しんでいるうちに、すっかり夕暮れの気配を深めた窓の外を見て、葉子が感慨深げに溜息をついた。

「はー、すっかり日が短くなったわねぇ」

季節のうつろいを心から愛おしむような表情だ。

詩笑夢が頷く。

「そうだね。うちのお店も、おでんがよく売れるようになってきたよ」

「ああ！　そうだ、詩笑夢ちゃん。コンビニのおでん、なかなか美味しいってね？　旅先で知り合った料理人さんが話してたよ！」

「おお！　葉子ちゃんがコンビニおでんに興味を示すとは！　そうなんだよ、美味しいんだよ！」

「旅は人を変えるもの、ってね」

「えー、おおげさすぎない？」

「ちょっと食べてみたいねぇ」

「あ、予約してくれれば持ってきてくれたお鍋に入れて売ることもできるんだよ」

「へえ！　意外と情緒があるんだね」

「まあね、昔はお豆腐もお鍋で買ってたんでしょ。それっぽいよね」

「じゃあ、今度の朝ごはんはおでんにしようかね」

「じゃあ、食べたいタネ予約しておいてよ。忙しい時間じゃなければ、お鍋持ってきてくれたら対応できる」

「じゃ、男手が必要ね。鹿嶋くんに出てもらいましょ」

軽妙なやりとりを続ける葉子と詩笑夢にばれないように、花は小さく溜息をつく。

冬に向かって、夜の時間は長くなり続ける。

今はもう、眠れぬ夜はそう怖いものではなくなってきたけれど――夜の時間が長くなってくるのは少し不安だった。

そっと食堂を出て、あすなろ荘の前庭で伸びをする。

カバーを掛けられたままの鹿嶋のバイクの隣に、葉子が数十年大切に乗っている空色の旧式のシトロエンが、橙色の光に照らされていた。

素敵に時間を重ねている葉子の、象徴のような車だ。

きっと、花にはいつまで経っても似合わない車である。

◆

「朝ごはんは、しばらく私が作るよ」

帰ってきた葉子に、そう打診したのは花だった。

大家の身内で、正式な居室ではない四畳半の客間を借りているという理由でほとんどタダ同然で住まわせてもらっている。

さらには、大家代理として家を守っていた給与は毎月きっちり振り込まれていたのだ。

会社に勤めていたときと比べれば、もちろん金額は少ない。

それでも、今の花にとってはありがたかった。

花が今後もあすなろ荘に住むにあたって、提示された家賃は一万五千円。

その金額で住むことはできないだろう。

どんな土地の、どんな物件であっても、あすなろ荘があるのは二子新地だ。

ましてや、あすなろ荘があるのは二子新地だ。

十五分も歩けば、都内に行ける。

その分だけでも、恩を返したいという気持ちだった——のだけれど。

「……最悪……ほんとに、最悪……」

寝坊した。

葉子が帰ってきたことで、花の気持ちにも緩みが出ていたのかもしれない。

風呂上がりに、部屋でストレッチをしていた。

連日の寝不足。

いつも通りに炊飯器にお米をセットして、キッチンでぼんやりと夜を明かそうと思った。

いつもよりも妙に身体がだるくて、なんとか米をとぎ終わったところで一度部屋に戻って布団に横になった。

どうせ眠れないだろうと、高をくくっていた。

葉子も一緒に囲む朝の食卓に、何を出そうか……あれこれ考えていた。

そこまでは記憶があるのだけれど——起きたときには、朝七時だった。

朝ごはんの時間だ。

ダイニングから、味噌汁の匂いがする。

「お目覚めかい？」

葉子が、まるで花が瞼を上げたのを見計らったかのように声をかけてきた。

花は布団の中で、思わず呻く。

窓の外はすでに明るい。

「……う」

目は覚めている。

けれど、身体が動かない。

手足に鉛をくくりつけられて、生ぬるい海に放り出されたような気分だ。

沈んでいく。浮き上がれない。

全身が布団に縫い付けられている。

無理だ。起き上がれない。吐きそうだ。

……そう思ったところまでは覚えている。

再び気づいたときには、すでに昼を回っていた。

「……嘘《うそ》でしょ」

さすがに、頭を抱えた。

自分から申し出たことすら、できないなんて。

「……最悪……ほんとに、最悪……」

自己嫌悪で、また三十分ほどを布団で浪費した。

布団にくるまって丸まっていれば、誰かが何かを解決してくれるような気がしてしまう。

もちろん、錯覚だ。

観念して布団から這い出して、二本の足で立たなくては何も始まらない。

花が恐る恐るダイニングに行くと、花のぶんの朝ごはんにはラップがかけられていた。

正しい朝食だ、と花は思った。

副菜の小鉢はほうれん草のおひたしと、ふっくらとした厚焼き卵が一切れ。味噌汁用のお椀が伏せられている——小鍋はすでに片付けられているから、これはインスタントの味噌汁などを自分で作れということだろうか。

メインは、旬の終わりのサンマだ。

大根おろしは添えられていないが、時間が経つと変色してしまうからだろう。葉子の気遣いだ。

塩をふってグリルで焼くだけでご馳走になるのが、サンマのいいところだ。

三枚おろしにする必要も、内臓を抜く必要すらない。

必要なのは、新鮮なサンマを早めに調理することだけだ。

秋口には、旬の魚を食べたがる晴恵のリクエストに応じるのにかなりお世話になった。
こんがり焼かれたサンマは冷めている。
「……はぁ」
スマホを取り出す。
葉子は旅行の土産を配るために出かけているそうだ。
行き先は、詩笑夢の祖母、詩歩が入居している施設だ。
あすなろ荘からは往復で四時間近くかかる。
昨日、長期の旅行から帰ってきて、今日の朝から動いている。
パワフルだ。
サンマの皿にかかったラップをとる。
レンジで温め直す気にもなれない。
ストックしているインスタントの味噌汁を作ることもしなかった。
もそもそと食事を終えて、食器を洗った。
まだ頭が重くて痛くて、背中が板のように凝っていた。
軽く吐き気すら覚える。
念のため体温を測ってみる。微熱程度はあってほしい、と願った。
体調不良の原因が発熱や風邪なら、まだ気持ちの持っていきようがある。

そうでもないなら、いよいよもって自分が許せない。

ピピ、と電子音。

三六度五分。平熱だ。花は思わず溜息をついた。

「少し、歩こうかな」

あすなろ荘の中は、しんと静まりかえっていた。

のろのろと歯を磨いて顔を洗う。

洗面台の鏡に映った自分の顔色の悪さに、少し引いた。

そのまま玄関に、向かう。

『玄関に出しておいていい靴は、ひとり一足まで』——あすなろ荘の細かなルールのうちのひとつだ。

玄関の整理整頓のためにもそうだし、誰が出かけていて、誰が自室にいるのかが一目瞭然だからという合理的な理由だ。

全員が、出払っていた。

昼間に働いている晴恵だけではなく、詩笑夢も鹿嶋もいない。

花は眠りこけている間に、あすなろ荘にひとりきりで取り残されていたのだ。

しょげた気持ちを奮い立たせて、時代がかった重い扉をあける。

内装はリフォームしていても、外観はできる限りあすなろ荘建築当時のものを残しているのだ。

「寒い……」

ぼんやりとふやけたように火照った顔を、ひやりとした空気が冷やす。

厚手のカーディガンの前を合わせる。

大学時代に奮発して買った一着だ。

しまいこんでいるうちに少々くたびれて、薄くへたってきてしまったように思う。

多摩沿岸道路を走るトラックが、またひとつ風を吹かせる。

一台、もう一台。

デリバリーのリュックを背負った自転車や原付が行き交って、また小さく風が吹く。

夏草が茂っていた多摩川の土手も、秋色に色めいて水分を失っている。巻き上げられた砂埃が対岸の二子玉川の町を煙らせている。

背後で、ボォンとひとつ鐘が鳴った。

一時の鐘だ。

すでにほんのりとした日暮れの気配を感じさせるのにうんざりしながら、花は歩き出した。

長い時間歩く気にもなれずに、買い出しに行き慣れた溝の口駅ではなく、二子玉川駅に向かった。

背中を丸めて歩いていると、余計に惨めな気持ちになった。

◆

誰にも話しかけられたくないときに、花は書店に行く。

二子玉川の煌びやかなショッピングモールを歩いても、誰も彼もが立派に見えた。

家電から書籍までを取り揃えたコンセプト型の総合書店に行ってみると、一流企業の自社ビルの一部ということもあり少し遅いランチ休憩をとっている人々で溢《あふ》れていた。

オフィスカジュアルに、首から提げている社員証がやけに目についた。

半年前までは、花も同じような出で立ちで働いていたはずなのに。

居場所がない。

そう感じて、花は奮発して購入したシアトル資本のコーヒーを飲みかけのまま手にして、その場を足早に立ち去った。

近くにある十五分いくらのレンタサイクルをスマホアプリ経由で借りて、溝の口までもどってきた。

レンタサイクルはなかなか便利で場合によっては電車よりも安く移動できる。

近頃、よく利用している。

東急溝の口駅から歩いて五分ほどの場所が目的地だ。

大手チェーンの書店の本店にやってきた。

ビル一棟がすべて書店となっている。

煌びやかさはないけれど、文具から参考書、絵本からコミックまで幅広く取り揃えている。

近頃はプログラミングやeスポーツなどのカルチャースクールも主催しているようだが、浮ついたところがない書店らしい書店である。

やっと花は、呼吸ができると感じた。

何を買うでもなく、背表紙を眺める。

背表紙を眺める。背表紙を、眺める。

知らない作家。知っている作品。

小説、新書、図鑑。

思い出の絵本、かつての志望大学の過去問題集、朝ごはんの参考にと何度も通ったレシピ本のコーナー……くまなく歩き回る。

こうしている間は、時間を忘れられる。

花は自分が読書家だとは思わない。

けれど、こうして書店や図書館で文字の間をくぐり抜けて歩くのは、心が安らぐ気がして好きだった。

気がつけば、家を出てから三時間近くが経っていた。

特設コーナーが目を引く階段の踊り場から外をみれば、すっかり街は夕暮れ色に染まっている。

南武線沿線にある、数十年前から変わらないのであろう古い商店が夕日に照らされている様子はとてもドラマティックだった。

なぜだか、泣きたくなった。

階段を下りる。

文庫本コーナーを見回す。

なんとはなしに検索してみた瀬島カントの作品は棚差しで一冊あるだけだった。

こんなに大きな書店でも、花を何度も救ってくれた本がないのが、やるせない。鹿嶋が時折、焦った顔をしている理由が分かった気がした。

もちろん、お取り寄せだって可能だろう。

ネット書店では今でもワンクリックで買うことができるはずだ。

けれど。

こんなにたくさんの本が置いてある中で、瀬島カントの本は一冊だけ。

目に触れる機会がなければ、そこにいると見つけ出してもらえることもないのだということを、花は身をもって知っている。

あすなろ荘の大家代理というのは、立派な役割だった。

朝ごはんを作って、居心地のいい共用部分を整えることで、自分がたしかに人の役に立っていると確信できた。

それが、葉子が帰ってきた途端に寝坊だなんて。

また、失望されてしまうかもしれない、居場所を失ってしまうかもしれない——そう考えると、ぐ、と喉が詰まるような気がした。

サンマの小骨が喉に刺さってしまっているのだろうか。

あるいは、ひどいストレスかもしれないけれど。

「……足、疲れたな」

そろそろ夕食のことを考えなくてはいけない。

あすなろ荘では朝食は「まかない」として提供されるが、昼食と夕食については各自の責任でとることになっている。

事前に葉子に連絡を入れれば、一食三百円という破格で支度してくれることになっているが、それに甘える気にはなれなかった。

そもそも、そういった連絡は七時の朝ごはんまでにすることになっているのだ。寝坊した花にはその資格すらないのだった。

十一月の風に吹かれて、花は身をすくませる。

夕方ともなれば、厚手のカーディガンだけでは寒すぎた。

ずっと家に引きこもっていると、いざ外に出るときにどんな服を着ればいいのか分からなくなってしまうのだった。

毎日の買い物くらいであれば、日没による寒暖差など気にしないのだけれど。

とぼとぼと、歩く。

書店を出て、ふと気がついた。

「……あ、カレー」

書店の真裏に、詩笑夢のライブを行った『みそのくちシアター』があった。

カレーショップとライブハウスを兼ねているという、一風変わった店だ。

昼の部はおかわり自由のカレーライスが人気で、売り切れ次第閉店となる。

夜の部は酒類の提供もしていて、マジックやバンド演奏などを楽しめるバーになっている。

普段であれば、寄りつかないような場所だ。

けれど、少しでもこの気分を変えたくて、花は立ち止まった。

財布の中身をそっと確認する。

カレーの一杯くらいであれば、問題なく食べることができるはずだ。

曇りなく拭き込まれたガラスドアを押す。

店員に案内されるまま、店の隅の二人がけのテーブルに通された。

盛況な店内には、カレースパイスの食欲をそそる香りが漂っている。

メニューを一瞥し、一番オーソドックスなカレーを注文する。

もっとも安かったからだ。

――と、見覚えのある二人組がいた。

「……あっ」

鹿嶋と詩笑夢だった。

ウーロン茶を啜る鹿嶋と、鮮やかな色のノンアルコールカクテルをかきまぜる詩笑夢。

お互いラフな格好ながら、どちらも少しだけ浮世離れした雰囲気をまとっている。目を引く組み合わせだった。

(どうして、あの二人が……?)

取り立てて親しい、という印象はない。

店内にはヴァイオリンの奏でるカントリー風の陽気な音色が響いている。

花は店の隅の席で、小さくなって向こうを窺う。

幸い、花には気がついていないようだ。

ヴァイオリンの演奏が終わり、店内に拍手が響く。

万雷のとはいかないまでも、うきうきとした拍手が炭酸の泡のようにはじける。演奏者たちが楽屋へと帰っていく。

運ばれてきたカレーを口にしながら、鹿嶋と詩笑夢のほうを見る。

何やら話し込んでいる様子だ。

詩笑夢はいつもの屈託のない笑顔で鹿嶋に話している。

時折、真剣に何か熱弁しているようだ。

鹿嶋の表情も、とても楽しげだ。

何かに、わくわくしているような。

いつもアンニュイな表情をしている鹿嶋が、あんな表情をするのを見たことがなかった。

（……あれ？）

ちくり、と花の胸が痛んだ。

どうして、あすなろ荘の住人二人が食事をしているだけで？

自分の心臓が示した反応に戸惑いながら、カレーを飲み込む。

朝カレーもこの半年で何度か作った。

真夜中に作りはじめて、手間と時間をかけて煮込む。

市販のルゥを使わないさらりとしたトマトベースのカレーは、このカレーショップのレシピを詩笑夢が聞き出してきたものを真似たものだ。

朝はあまり食が進まないことがある鹿嶋も、朝カレーのときにはよくスプーンを動かしていた。

「……あの、お会計を」

二人に気づかれないように、伝票を持ってそっと立ち上がる。

代金を支払って、釣り銭を受け取る。

店を出ようとした、そのときだった。

「あの、大槻《おおつき》さんですよね」

「えっ」

女性の声で呼び止められた。

こんなふうに女性に苗字を呼ばれるのが久しぶりで、戸惑った。

あすなろ荘の住人たちは、花を下の名前で呼ぶ。

唯一、花のことを「大槻」と呼ぶのは鹿嶋だ。

柔らかなバリトンで呼ばれる「大槻」に慣れていた花は、驚いて固まってしまう。

声をかけてきたのは、七瀬《ななせ》だった。

溝の口にある音楽大学に通う、ヴァイオリニストだ。

詩笑夢の、元同級生。

「お久しぶりです、演奏聴いてくださってましたよね。嬉しい！」

高揚した様子の七瀬が花の手を握る。

歌えなくなってしまった詩笑夢の危機に、心を砕いてくれていた友人だ。

花も面識があり、どさくさに紛れて連絡先を交換してから、時折七瀬から公演のお知らせが届くようになった。

そういえば、今日がその公演日だったと思い出す。

カレーショップのディナータイムで演奏をする、という文面が送られてきていたのを思い出す。

行けない公演のお知らせにどう返信していいのか考えあぐねて、結局既読無視を続けてしまっていることに心苦しさを感じている花だったが、七瀬のほうは特に気にしている様子もなかった。

少しだけほっとしたのも、束の間。

柔らかく朗々としたヴァイオリンと同じく、よく通る七瀬の声に、鹿嶋と詩笑夢が振り返ったのだ。

「あ、花さん！」

「……大槻」

詩笑夢が無邪気に手を振っている。

向かいの席でウーロン茶を一口飲んだ鹿嶋に、やっぱり胸に小さな影がうごめいたのを感じて、花はそっと唇を噛んだ。

◆

旧大山街道を歩く。

多摩川から吹き抜けてくる冷たい風に、自然と足が速まっていく。

「じゃあ、花さんはあの店にいたのはたまたま?」

「うん、まぁ……七瀬さんから何度か案内もらってたから、演奏聴いてみたくなって……」

「そうなんだ! わあ、嬉しい! でも、来るなら来るって言ってくれれば良かったのに」

「今朝、急に思い立ったから。ヴァイオリンのライブってもっと格式高いのかと思って気後れしてたんだけど、すごくカジュアルで驚いた」

ぺらぺらと口が動く。

嘘も方便だ。

おかげで詩笑夢との会話が弾んで、ありがたい。

鹿嶋と詩笑夢は、七瀬の演奏を聴きにあの店にいたようだ。

すでに「みぞのくちカレー」で食事を済ませたあとで、ドリンクを飲みながら話し込んでいたらしい。

「七瀬ちゃん、すごく喜んでたよ……その、うちのバンドのサポートで出てくれた縁で、あそこで毎週、カルテットで演奏できるようになったんだって」

カルテット、すなわち四重奏の楽団は、七瀬の弾くヴァイオリンのほかにヴァイオリン奏者がもうひとり、そして、チェロ、ヴィオラがひとりずつの四人組だ。

大学の器楽科で意気投合した四人組で、学外での演奏をメインに活動しているらしい。

「そっか、すごいな」

詩笑夢の体調不良を案じて右往左往をしている印象が強い七瀬だったが、今日の表情は晴れ晴れとしてて、自信に満ちあふれていた。

もうすぐ、就職活動がはじまるらしい。

音楽大学に入学しても、演奏家として生計を立てられるのは一握りしかいない選ばれた者だけだ。

……いや、自らのその道を「選んだ」者のうち、実力と時の運に恵まれた人だけが、「選ばれた」人になれるのだ。

演奏家として身を立てることだけが、幸せではない。

音楽に親しんできたことが、人生の中で救いや力になることもあるだろう。そういう劇的ではない、けれども静かに「音楽の力」は存在してる。

……とはいえ、プロになることは、在学している誰もがどこか夢見ている。

やはり一度はその道を志したのだから。

「いい演奏だったよね」

花は曖昧に頷く。

「うん、そう……ですね」

詩笑夢は屈託なく七瀬の演奏を褒めちぎっている。

すでに夢を実現しようとしている詩笑夢が、夢にむかって活動している七瀬が、眩しかった。

花はといえば将来の夢どころか、現状から抜け出すことができるかどうかわからない夜闇の中にいるというのに。

「おい」

「ひゃっ」

頭上からバリトンの声が響いた。

「……大丈夫か」

「え？」

「いや、さっきから辛気くさい顔をしてる」

「そ、そうですか。大丈夫、です」

「……。そうか」

「なんですか」

全然、納得していなさそうだ。

「あんた、大丈夫じゃないときには誰に対しても敬語になる」

「えっ、そう……？」

自分の舌に残っている記憶をたどる。

たしかに、敬語で喋っていたかもしれない。

「……ほんとに、よく見てますね」

「あんたがわかりやすすぎる」

「ちょっと、鹿嶋っち！　言い方！」

ポケットに手を突っ込んで歩く詩笑夢が、鹿嶋を肩で小突く。

パワフルな詩笑夢に、鹿嶋の足下がふらつく。

「失礼じゃん。ね、花さん」

「あはは、そんなことはない……よ」

「遠慮しなくていいって、もう――っていうか、よくそんなかんじで小説家やってるよ」

「喋るのが苦手だから、小説なんか書いてるんだよ」

「そうなの？」

「書いては消して、ってできるだろ。つるっと言っちまった言葉は二度と消えないから」

鹿嶋が、ぽつりとこぼした。

「……鹿嶋さんの言葉は、ぶっきらぼうだけど冷たくはないです」

花の言葉に、鹿嶋が長い前髪の奥で小さく目を見開いた。

口元をもにもにと動かしている。

――照れているのだ。

花が敬語になるときには大丈夫ではないときだ、と鹿嶋がわかっているのと同じように、鹿嶋が照れたときにどう反応するのかくらいは知っている。

詩笑夢は落ち込んでいるときほど饒舌《じょうぜつ》になるし、晴恵がお高いスイーツを買って帰ってくるときには、自分のことにしても他の住人のことにしても何か気がかりがあるときだ。

花は大きく息を吸う。

そうだ。

たぶん、花は自分が思っているよりも、ちゃんとあすなろ荘の一員だ。

そのはずだ、きっと。

葉子が帰ってきたからといって、それは揺らがないと信じたい。

あすなろ荘に帰ると、晴恵の靴が玄関にあった。

「おかえりなさい、晴恵さん」

サラダを食べながらスマホで映画を見ていた晴恵が、びくっと顔を上げた。

ダイニングで食事中にスマホを使うのは、あすなろ荘では推奨されていない。

大家ノートでその注意書きを見かけたときには、少々口うるさすぎはしないかと思ったものだ。

けれど、実際に花もスマホを部屋に置いたままで食事をするようになって葉子が正しいとわかった。

ひとり暮らしをしているときには、食事をするときも机に置いたスマホを覗き込んで、背中を丸めていた。

あすなろ荘に来てから、背筋を伸ばしてとる食事のおいしさを知った。

すっかり定番になった、花のオーバーナイト製法の手作りパンはもちろん、スーパーで一斤八十円で売っている底値の食パンであっても、背筋を伸ばして嚙みしめると小麦の味がぐっと濃くなるような気がした。

「葉子さんには、言わないでよね」

ひとつ、晴恵がウィンクをする。

詩笑夢が唇をとがらせる。

「晴恵ねぇ、ずるい〜。私がスマホいじってるとすぐ葉子ちゃんに言いつけるのに！」

「あら、そうかしら？」

「もう、すっとぼけてるじゃん！　鹿嶋っちも何か言ってよ」

「いや、俺を巻き込むな」

「薄情者ぉ！」

「そっちだろ、薄情者は……さっきの飯代、まだ払ってもらってないぞ」

「ぐっ」

くるり、と詩笑夢が花に向き直る。

「ねー、花さんってばーっ！　花さんもずるいって思うでしょ⁉」

「え？　そ、そうかな？」

「そうだよぉ、世渡り上手が得をする世の中！」

「何を言ってるの、得をするから世渡り上手なのよ」

「ぐぬぬっ、なんか名言っぽいことを」

「詩笑夢ちゃんはよく喋るのに、口喧嘩は弱いのが可愛いわね」

「煽られているぅ〜っ！」

詩笑夢が顔をくしゃっと歪めた。

「おばあちゃんは、まだ帰ってないの？」

「うん、なんか温泉に一泊してくるって」

「へ？」

スマホを取り出す。

心を休めたくて通知を切っていたので気がつかなかったが、あすなろ荘のメッセージグループに、

――今日は泊まる。花ちゃん、よろしくね！

という簡素なメッセージが届いていた。

詩笑夢の祖母、詩歩が入居している施設は神奈川の奥にある鄙びた温泉街にある。

どうやら、そのまま一泊することにしたらしい。

昨日まで日本一周の長旅をしてきた名残からか、フットワークが軽くなっているようだった。

いや、もしかしたら、今までもそういう性格だったのかもしれない。花が知らなかっただけで。

「花ちゃんがいるから、葉子さんエンジョイしてるね」

「そうなんですかね」

「身内の我が儘《わがまま》は、信頼してくれてる証拠よ」

「もー、また名言っぽいこと言ってる」

「俺、風呂入るわ」

「ふろてらー」

和気藹々《わきあいあい》とした空気。

ほっと花の気持ちが解ける。

「詩笑夢ちゃんも、お風呂まだでしょ？」

「うん。鹿嶋っちのあとに入るよぉ」

「了解、じゃあ私はそのあとにするね」

時刻は八時過ぎ。

風呂に行く鹿嶋に声をかける。

「そういえば、今日は二人でどんな話をしてたんですか？」

「………………」

「えっ」

突然の沈黙に、花は動揺した。

何かまずいことを尋ねてしまっただろうか。

ただ、少し気になっただけなのに。

すがるように詩笑夢を見ると、すっと顔をそらされる。

「べ、別に何も喋ってないよ～、カレー食べただけ。んねっ、鹿嶋っち！」

「ああ、そのとおりだ」

「じゃ、あたし部屋行く！」

「俺も風呂入るわ」

「ほいじゃ！」

「ではな」

足早にダイニングを出る二人。

晴恵が肩をすくめる。

「さすがに、隠し事が下手すぎね」

「隠し事……」

ショックだった。

あんなに露骨に誤魔化されるだなんて、よほど知られたくないことなのか。

それとも花が信用されていないのか。

しばし忘れることができていた胸の痛みが、じくじくと加速する。

何をそんなに隠し立てをする必要があるのだろう。

「……。朝ごはんの仕込み、しますね」

まだ真夜中にもなっていない。

朝ごはんの仕込みをはじめるには、早すぎる。

けれど、手を動かさずにはいられなかった。

何度も読んだ、あすなろ荘の大家ノートの内容を思い出す。

住人同士の恋愛禁止というルールは、どこにも書いていない。

◆

翌朝、朝ごはんの時間に葉子が帰ってきた。

朝七時だ。ほとんど始発に近い時間に宿を出てきたはずだ。

葉子にとってはそれほどまでに、「朝ごはんは住人全員で食べること」というルールが大切なものなのだろう。

旅館の朝食や朝風呂をキャンセルして帰ってくるほどに。

「花ちゃん、朝ごはんの支度ありがとうねぇ……でも」

葉子がお土産を食卓において、目を丸くする。

「これはまた、すごい量ねぇ」

今朝のメニューは、大鍋いっぱいのミネストローネだった。

ロールパンも、生地からこねて焼き上げたものだ。

オーバーナイト製法よりもずっ手間がかかる、こねて、発酵させて焼き上げるものだ。

昨夜は手を動かさずにはいられなかった。

気持ちがソワソワしているときには、野菜を切りまくるのがいい。

ひたすらに手を動かしていると、嫌なことが忘れられる。

切って、切って、切りまくっていた。

結果として、大鍋にいっぱいのミネストローネが完成してしまったわけだ。

たまねぎ、にんじん、じゃがいも、キャベツ、トマト……手当たり次第に野菜を入れたミネストローネは、ごった煮のようになっている。

鍋から野菜の甘い匂いが、キッチンに立ちこめる。

買っておいた一週間分の野菜をすべてスープにしてしまった。

煮込み料理は、一度にたくさん仕込むほうが美味しい。

ミネストローネも会心の出来ではあるが——当然、一睡もできなかった。

煮込んでいる間もそわそわした気持ちが止まらなくて、ロールパンを作ってしまった。

当然、一食としては予算オーバーなうえに、今日もまた買い出しに行かなくてはいけない。

ミネストローネも五人では到底食べきれない量だ。

日曜日の朝である。

晴恵は休みで、詩笑夢は夜勤明けだ。

「花さん、あたしおかわり～」

詩笑夢が気を遣ってくれたのか、二回目のおかわりをする。

ミネストローネは、健康志向の晴恵にも喜ばれた。

鹿嶋はあまり野菜が好きではないようで、スプーンの動きは鈍かったけれどしっかりと食べきっている。

……とはいえ。

鍋の中には、まだたっぷりと残ってしまっている。

「ごめんなさい」

「ばかだね、この子は。謝る必要はないでしょうに」

葉子が腰に手を当てる。

「でも……」

「冷凍って手があるでしょうが」

「スープを？」

「そうさ」

葉子が頷く。

「冷凍できないもんってのは意外と少ない。朝ってのは忙しいからね、冷凍ストックのあるなしでいざってときに助かるんだよ」

ミネストローネをスープごと冷凍しておく。

考えたこともなかった。

やはり、年季が違う。

朝ごはんだって、葉子が取り仕切ったほうがいいに決まっているのだ。

それでも、どうにかできるようになってきたこの役割にしがみつかずにはいられない。

朝ごはんさえ、ちゃんと作っていられれば、この場所にいられるような気がする。

他の住人に大家代理として信頼してもらっていなくても。

友人として心を開いてもらっていなくても。

「……おばあちゃん、私」

また、心に迷いが生じる。

そんなことなどお見通しというように、葉子が花の名を呼んだ。

「花ちゃん、あとで少しお話しする？」

「……うん」

花は頷いた。

年齢を重ねて目尻の下がった葉子の微笑みには、不思議な引力がある。

なんでも話したくなるような、心を開いてしまうような。

自分もそうなりたい。

温かくみんなを照らす太陽のような人になりたい。

自然と人の集まってくる、大樹のような人になりたい。

葉子のそばにいると、そんな青臭い希望が花の中に芽生える。

でもそれは、決して心地よくはないもので。

鹿嶋と詩笑夢が仲よさげに話しているのを見たときと同じようなチクチクと痛むトゲが、心臓の中でうごめいた。


朝食を終えて、各自が部屋に帰っていく。

流し台に並んで洗い物をしながら、葉子はぽつりと花に尋ねた。

「で、何が気がかりなの？」

「う、ん」

葉子になら、何を話してもいい。

気持ちとしてはそうなのだけれど、上手く言葉が紡げない。

心という形のないものに、わずかばかりでも輪郭を与えるために、人は言葉を手に入れたのだ。

逆に言えば、自分の心の輪郭がわからないままでは、言葉は上滑りするばかりだ。

それが、怖かった。

「……私、ここにいていいのかなぁ」

スープ皿を拭き終わった頃、やっと絞り出したのが、そんな素朴な一言だった。

葉子は少し黙ってから、ぽつんと返事をした。

「それを決めるのは、花ちゃんよ」

予想外の返答だった。

期待外れ、というほうが正確かもしれない。

心のどこかで、葉子に優しい言葉をかけてもらうことを期待していた。

ここにいていい、と。

それを、「決めるのは花自身」と少し突き放されたような言い方をされてしまったことで、勝手にショックをうけてしまった。

「あ、えっと……私……」

「ここにいちゃダメ、って言われたら出て行くかい？」

「………わからない」

小さな子どものような要領を得ない花の返答を、葉子は馬鹿にすることもなく、たしなめるでもなく、受け止めてくれた。

「悩めるってのは、元気が出てきた証拠さね」

「そうなのかな」

「間違いないよ。悩むってのは、なんにせよ自分の中に選択肢があるってことなんだから」

「そう、か」

かつての自分を思い出す。

たしかに、倒れる直前まで「ちゃんと」会社に勤めて生活することにこだわっていた花には、その生活にしがみつく他には選択肢もなかった。

思い描いていた自分と、眠れぬ夜に苦しむ自分のギャップに苦しんでもなお、その自分を受け入れられなかった。

悩むこともなく壊れていった、半年前の自身を思って、花は納得した。

葉子の言葉には、重みがある。

「たくさん悩んで、たくさん育ちなさいな」

「子どもじゃないのに、そんなの恥ずかしい気がする」

「恥ずかしいものか。そのための、あすなろ荘なんだから」

「どういうこと？」

花がたずねると、葉子は目を丸くする。
「あら、話してなかったかね。この下宿がどうして『あすなろ荘』っていうのか」
花はゆっくりと首をふる。
あすなろ荘は、あすなろ荘だ。
疑問に思ったこともなかった。
「そうか、そうか」
葉子は何かに納得したように頷いて、洗ったばかりのマグを二つ手に取った。
葉子のマグ、花のマグ。
大きさもデザインもまったく違うそれに、葉子はドリップパックを乗せる。
長くかかる話をするとき、葉子は必ずコーヒーを淹れる。
練乳と砂糖を入れたコーヒーは、苦くて甘くて熱い。
少しずつ飲むのに適しているのだ。
「はてさて、なにから話そうか」
ほこほこと湯気を立てるコーヒー。
柱時計が八時を告げた。
まだ一日は始まったばかりだ。

◆

小倉《おぐら》荘。

それが、この下宿のはじめの名前だった。

小倉葉子の夫である、小倉大介《だいすけ》が作った下宿だった。

三食賄い付き。格安の家賃。

多摩川沿いにいくつかある、大学や高校に通う学生を中心に若者が集っていた。

決して豊かな財政状況ではなかったが、葉子のやりくりの手腕と、大介の金策で成り立っていた。

そんなある日、大介が下宿の名前を変えたいと言いはじめた。

「あすなろ、という植物を知っているか？」

葉子の運転するシトロエンの助手席で、高揚した表情で空を見上げた。

「あすなろ？」

「ああ、うちの裏の神社に生えている木があるだろう。背の高い……」

「どれのことだかね？　木なんていっぱいあるでしょう」

「檜《ひのき》に似た木だよ。でも、弱くて柔らかくて、檜とは違って木材には向かないんだ。本物の檜にはなれない、けれど美しい木だよ」

「ふぅん」

あすなろ。

その木の名前を、まるで初恋に落ちた少年のような声で呼んだ大介に葉子は少しヤキモチを焼いたのを覚えている。

「明日こそ檜になろう。明日なろう――あすなろ」

「……あすなろ荘」

いい名前だ、と葉子は思った。

明日こそ、本物に。

そう願って天に向かってまっすぐに伸びる木を想像する。

悪くない気分だ、と思った。

あすなろの木は、あすなろの木のままで美しい。

それでも。

明日は何者かになろうと藻掻く若者が集う下宿にふさわしいと思った。

大介と葉子にしても、それぞれに頑固者で変わり者と呼ばれる夫婦だった。

明日はもっと自由に、もっと伸びやかに。

――そんな小さな矜持《きょうじ》を抱いている自分たちに似合いの名だと思った。

あすなろ荘は、そうして今日まで続いている。

大家の家に間借りするようなスタイルでの下宿は、時代とともに嫌われるようになった。

大介が病に倒れ、世を去った。

住人も当時の半分以下しかいない。

建物の老朽化や、そばを流れる多摩川の氾濫による一階の浸水。

それでも、葉子はあすなろ荘を手放さなかった。

若者が、あるいは、そうではない者たちが住まう「あすなろ」を枯らすわけにはいかないと思ったから。

◆

——ぼぉん、ぼぉん。

この家が小倉荘と呼ばれていた頃から、食堂を見守ってきた柱時計から九つの鐘の音が鳴り響く。

「昔話なんてして、悪かったね」

「ううん、そんなことない」

あすなろ荘。

そんな由来のある名前だとは、知らなかった。

――明日は、檜になろう。明日は、なろう。

あすなろの木。

檜にそっくりで、それでも檜ではないその木がどんな気持ちで夜を過ごしているのだろう。

「すてきな名前だね」

「だろう?」

にっと葉子が口角をつり上げる。

「だから、この場所にいる人は誰だって明日を夢見ていいんだよ。安心しな」

「……うん」

花は頷く。

慰めの言葉はいらなかった。

この場所が、ここに住む人が、花を受け入れてくれるような気がした。

「ここにいたいかどうかは、花ちゃんが決めなさい。ここはあすなろ荘。そんでもって、あなたは木じゃなくって頭も足もある人間なんだからね」

含蓄のある言い回しで葉子が花の背中を叩く。

「……人間は考える葦《あし》である」

「あ、聞いたことある」

「有名な大昔のえらい学者さんの言葉さね。葦は置かれた場所が悪ければ、そのまま枯れる運命を受け入れるしかない。けれど、人はそうではないのさ。葦と違って、人には足があるからね」

「足……」

置かれた場所から、いるべき場所へ。

足があるから、どこにでも行ける。

どこに根を下ろすかを決められる。下ろした根を引っこ抜いて、また旅を続けることができる。

自分は、このあすなろ荘で根を下ろすことができるのか。

そうして、自分の人生を歩いていけるのだろうか。

目的地を定めて、あるいは、定めることもなく。

花は少し瞼が重くなってきたのを感じた。

自室で休もうと、のろのろと四畳半の小さな客間に戻る。

布団を敷いて、横になる。

もうじきに商店が開く時間だ。
野菜をすべて使い切ってしまったので、仕入れにいかなくては。
あすなろ荘御用達の溝の口南口の青果店までは片道歩いて三十分はかかる。
電車を使おうか、どうしようか。
そんなことをぼんやりと考えながら天井を眺めていると――。
「……あれ？」
めーめー、と震動音がした。
スマホだ。
しかも、着信。
のそりと起き出して、鞄を探る。
「……えっ」
画面に表示されていた名前は、「大槻沙織《さおり》」。
――花の、母だった。

◆

「驚いたわよ、会社辞めてるなんて」

虎ノ門にあるチェーン店のカフェで、花は両親と向き合っていた。

十一月ともなれば、店内は暖房がきいている。

沙織は今年五十五歳になる。年相応かわずかに若く見える。

透け感のあるブラウスに、ウール地のパンツ。

左手には大ぶりのダイヤモンドが輝く指輪。

父の給与の数ヶ月分という、ステレオタイプな婚約指輪だ。

都心に出てくるからと、まるで授業参観か久しぶりの同窓会かというようなめかし込み具合だ。

対照的に、母の隣で黙りこくっている父、俊介《しゅんすけ》はよれよれで、色あせたポロシャツを着ている。

十年前に花が贈った誕生日プレゼントだ。

もういい加減に棄《す》てればいいのに、と思う。

脂ぎって、くたびれた父の顔。

今日も夜勤明けなのだろう。

もしかしたら、今朝も「晩酌」をしていたのかも。

呼気から、コーヒーに混じってわずかにアルコールの臭いがした。

「ごめん、一応……ひとりでやっていけてるから」

「仕事もなくて、どうしているのよ」

「ちょ、貯金とかあるし。細かい仕事はあるから……」

「まったく……お義母《かあ》さんも知らないうちに半年も旅行しているっていうし、あなたも相談もなく……」

葉子は花があすなろ荘に身を寄せていることを、実家には一言も話してはいないようだった。

「……体調は大丈夫なの？」

沙織が溜息交じりに、尋ねてきた。

花は曖昧に頷く。

頷くとき、自分はいつも曖昧だなと思いつつ。

「なんとか」

「そう……仕事を辞めて身体が休まっているならいいわ」

「というか、どうして知ってるの。私が会社辞めたこと」

「ああ、洋平くんって覚えている？　ほら、比嘉洋平《ひがようへい》くんよ。東慶大学に現役で合格した」

「……ああ」

小さい頃から要領が良くて頭が良く、大槻家の中でしきりに話題になった幼馴染みだ。

あまりにも平凡な花と比較した嫉妬ややっかみもあったのだろう。

ことあるごとに、「洋平くん」の名前は出てきた。

「洋平くん、あなたの会社の海外事業部にいたのよ」

「あ、そうなの？」

「そうよ！　優秀よねえ」

「……そうだね。さすが総合職だ」

花が勤めていた会社は、総合職と一般職の間に大きな壁があった。

壁というよりは階層というべきか。

総合職が上、一般職は下。

本来はそんな上下は存在しないはずだ。どちらが欠けても会社組織は成り立たないのだから。

それでもやはり、花のような「一般職の女性社員」の会社内での地位は低かった。

「洋平くんがね、教えてくれたのよ。花が会社辞めたって」

「私は、洋平くんが同じ会社ってことすら知らなかったけど」

洋平は花より二つ年上だったはずだ。

同期の顔や名前すらよく知らない巨大な組織だ、遠い他部署の先輩のことなど知るはずもない。

そもそも、洋平とはさして親しくなかったのだ。

沙織と洋平とが、花の情報交換をしているのが謎だ。

正直、いい気はしない。

「……洋平君、花のことを気にかけてくれていたんですって。いい人よね」

「はあ」

「それでね、洋平君も交えて今度食事でもどうかって」

「食事？」

どうしてそこで、洋平と食事なんていうことになるのだろう。

花がいぶかしげな表情をしていたのがバレたのだろう。

わずかな沈黙のすきに、俊介が口を開く。

「お前のことを、母さんなりに心配しているんだ」

「心配？」

「お前は真面目だから、やっぱりひとりで都心でやるのは無理なのよ」

沙織がぴしりと言い放つ。

「どういうこと、無理って」

「住み慣れた地元で、ちゃんと休んだらどうかって話をしているの」

「そんな」

花にとって、都心で自活をしていることは、ある種の矜持だった。地元にいるときには、どうしようもなく何もできなかった自分——母に出されるがままに、酒のつまみを朝ごはんにして通学していた日々。

それは、母なりの気遣いだった。

父なりの気遣いでもあったのかもしれない。

一家団欒《だんらん》の夕食というのが難しい分、朝食だけでもという気持ちがあったことはわかっている。

それでもやはり、地元にあるのは花が望む生活ではないのだ。

「これ」

「え?」

封筒だった。

沙織が茶封筒をテーブルの上に出す。

「お金。あんた、どこに住んでいるかわからないけど、引っ越し代の足しにして」

「こんなの、受け取れない!」

思わずあげた大声がカフェに響き渡る。

このお金を受け取ったら、なにもかもが台無しになる気がする。

葉子の気遣いも、あすなろ荘での日々も——今まで花が作ってきた朝ごはんの記憶も、全部が。

「いいから！」

それでも、人に流されてきた今までの自分はすぐには変えることができなかった。沙織に押し切られるように、封筒を持たされてしまった。

これ以上の押し問答をしても仕方がない、ということを嫌というほど知っている。

「週末、表参道にある創作イタリアンのお店を予約してくださってんですって。やっぱりこういうお店に詳しいのね、接待とかで使うのかしら」

「営業さんなら、そうかもだけど……」

「ねぇ……あなた、ちゃんと食事はしてるの？　昔から、放っておくと平気で食事を抜くから」

「食べてるよ」

少なくとも、あすなろ荘に来てからの半年は。

朝食を作るという任務があることで、朝食の残りで遅めの昼食を、朝食の仕込みのついでに夕食を……と自炊する機会が増えた。

一日のメインの食事が朝ごはんというのは、なんだか妙な気がしていたが、眠れぬ夜を抱える花にとっては、結果として好都合だったのだ。

「特に、朝ごはんは抜いちゃダメよ？　一日の活力なんだから」

「わかってるよ」

「どうかしら。こっちに帰ってきたら、落ち着いて生活できるんじゃない?」

ここは東京、虎ノ門だ。

神奈川県の奥地にある古びたニュータウンに住んでいる花の両親にとって、この場所はどう考えても「こっち」ではないだろう。

彼らの心はいつでも、あの町にあるのだろうか。

いや。

それとも、彼らこそが花の帰るべき「こっち」なのか。

もう、花は成人している。

悩みも喜びも、あるいは悲しみも希望も、花のものだ。

葉子が「花自身が決めることだ」と言ってくれたことの意味が、わかったような気がした。

落ち着いて、生活できる。

母の言うそれが、何を指しているのかはわからない。

けれど、たぶん。

あすなろ荘で花が抱いている、鳥の雛《ひな》が巣立ちを前に身を寄せ合っているような安心感のようなものとは違うのだろう。

「比嘉さんのご厚意だから、来るんだろうね。花」

父が有無を言わさぬ様子で念押しをしてくる。

花には頷くことしかできなかった。

◆

人情の機微にさとい人というのは、恐ろしい。

少しも態度に出していないはずなのに、あすなろ荘の住人は花の変化にすぐに気がついた。

夕方、花が昼寝から目覚めると出勤前の詩笑夢がよってきた。

「お腹でも痛い？」

本当に腹痛を心配しているわけではない、というのは最近わかってきた。

とりあえず心配している気持ちを示すのに、詩笑夢は「お腹痛い？」という言葉を使うのだ。

大丈夫？　と尋ねるよりもずいぶんマシだ。

「ありがとう、平気だよ」

「そう？　おでんパーティするから体調万全にしておいてよね」

「ああ、コンビニのおでん」

「そう！　寒くなってきたし、ちょうどいいよね」

「そう、だね」

「今週末を予定しているんだけど、どうかな」

「朝ごはん？」

「ううん、せっかくだから夜にしようって。おでんだけは夜がいいって葉子ちゃんが」

「わからなくもないような」

花の頭に、闇夜に浮かぶ赤提灯の屋台が浮かぶ。

おでんを温める大きな四角い鍋と、四人がけのカウンター席。

たしかに、おでんだけは朝ごはんには似合わない。

いや、一晩たった味の染みたおでんを茶飯とともにいただく——というメニューならば、少し豪勢な朝ごはんになるかもしれない。

塩と醤油《しょうゆ》で味付けして炊き上げる茶飯は、具のない炊き込みごはんといったところだろうか。

おでんとよく合う。

このところ、食べ物のとことを考えると、何かと「朝ごはん」につなげがちな花である。

とはいえ、それが嫌だとは思わない。

あすなろ荘で朝ごはんを作ることは、花にとって日常の一部になっていた。

そして——それは、花にとっても心地のいいことだった。

「花さん、当日までに好きなおでんのタネ教えておいてよね」

「わかった。いつの予定？」

「今週末だよ」

「いいね。今週末……あっ」

両親との予定を、思い出す。

胸に暗い影が落ちた。

「……ごめん、ちょっと今週は用事があるの」

「ええっ！」

「ちょっと、断れない感じかも」

「もしかして……デート⁉」

「ち、違うよ！」

「ほんとに？」

「ほ、ほんとに……」

いや。

デートではない、はずだ。

花の消息を両親に伝えてくれた知り合いを交えての、顔合わせ。

いわゆる、お礼かたがたの食事会みたいなものだろう。

「……たぶん」

でも、少し自信はない。

「いいじゃないか、たまには」

「鹿嶋さんっ⁉」

「他人と会って話すのは、刺激になる」

「……毎日、みなさんと喋ってるじゃないですか」

「………。他人、か」

同じ下宿で、毎日顔を合わせている。

朝食を毎日、同じテーブルでとる。

おたがいの好みを知っていて、お互いの嫌いなものも知っていて。

何か変化があれば、気がついて。気になって。

それを他人と呼ぶのは、少し寂しい。

……まずかったな、と思った。

他人と呼ばれて、何も思わないほどに遠い存在ではない。

けれど、あすなろ荘の住人をなんと呼べばいいのかはわからない。

他人扱いしてしまったのは失敗だった。

けれど、友人でもない。

同居人とも少し違う。

家族でもない。

――彼らを呼ぶべき名を、花は持っていなかった。

「なるべく早めに帰るようにする」

「うん。おでん、花さんにも残しとくね」

「……うん、ありがとう」

「って、やばい！　こんな時間」

詩笑夢が慌ただしく夜勤に出かけていく。

それを見送る。いつもの、日常だ。

「大槻、あんた大丈夫か？」

「えっと、大丈夫って何が……？」

「そんなに週末の予定が嫌なら、出かけなきゃいい」

「それは……」

「本当に大丈夫なのか？」

「……大丈夫、じゃないかも」

鹿嶋から見ても、そんなに酷い顔色をしているのだろうか。

大丈夫か、という不器用な聞き方しかできない鹿嶋は、花に似ている。

そんなふうに聞かれたら、大丈夫だと答えるしかない……はずだった。

「大丈夫じゃないかも」という本音をつるりとこぼした自分に驚く。

「なんで行くんだよ、そんな用事」

「えっと……私が行けば、丸く収まるので」

もしも、花が行かないと言いはじめれば両親はとうとうと説教してくるだろう。あるいは、なだめすかすか——虎ノ門でお茶をしたときも、このまま実家に帰ってこいとすら言われたのだ。

花にも生活がある。

冷蔵庫に消費期限の近いひき肉があるとか、再就職のためにリクルーターと面接があるから、という言い訳で、どうにか納得してもらった。

嘘も方便だろう。

当然、リクルーターとの面接なんてない。

けれど、今は実家に帰ることよりも、冷蔵庫のひき肉を使い切る事のほうが花にとっては大切だ。

ひき肉は腐りやすくて、すぐに調理してしまわねばいけない——忙しさにかまけて出来合いのものばかり食べていた頃にはとっさには思いつかなかった言い訳だろう。

実際、あすなろ荘の冷蔵庫にはひき肉が眠っている。

「……ひき肉、どうにかしとかなきゃな」

徹夜明けでこれから眠るのであろう鹿嶋が、冷蔵庫から麦茶を取り出した。

眠る前に水分補給。立派な心がけだ。

「……もし困ったことがあれば、少しは力になるつもりではある」

「え?」

「頼み事をしたり、助けを求めることは、悪いことじゃないんだ。人ってのは頼られることで喜びを見い出す、妙な生き物だから」

「は、はい。ありがとうございます」

頼られる。

花が求めていたことの一つかもしれない。

実家にいたときには、たとえば食事はすべて母が支度してくれていた。

なんでも先回りして、心配されて、大切にされてきた。

甘やかされてきた、と言ってもいい。

誰かに必要とされたくて、自分は自分が勝手に描いた「理想」の大人になれると証明したくて、仕事にしがみついていた——そういう側面もある。

「というわけで、だ」

鹿嶋がひとつ、咳払《せきばら》いをする。

「あんたには、俺からひとつ頼み事がある」

「私に？　なんですか、買い物？」

「違う」

「どこか電球が切れてるところありました？」

「だから違うって」

「じゃあ、もしかして朝ごはんのリクエスト……？」

「ちがっ……いや、あんたのカレーは悪くないが、そうじゃない」

「好きですよね、カレー」

悪い気はしなかった。

詩笑夢のコンサートの一件から花が習得したトマトベースの朝カレーは、あすなろ荘での思い出と深く紐付いたメニューだ。

「って、そうじゃなくて……いや」

「……？」

「週末の用事が済んだら、ちょっとお願いしたいことがある」

鹿嶋は一つ咳払いして、言った。

「……ちゃんと、戻ってこいよ」

「えっ……は、はい」

驚いた。

まるで、お見通しだ。

きっと、食事に出かければ両親から地元に帰ってくるように説得されるに決まっている。

それを花が断りきることができるかどうかは、わからない。

けれど。

鹿嶋との約束があるのは、少しだけ花にとってあすなろ荘に残るためのよすがになるような気がした。

「……っ」

ずきり、と胸が痛む。

気にかけてくれる嬉しさがわき上がってきたと同時に、寂しさを感じずにはいられなかった。

鹿嶋と詩笑夢は、自分に何を隠し事をしているのだろう。

カレーショップでばったり会ったあの日、何を話していたのだろう。

家族の間にだって、隠し事はある。

花は自分の現状を、両親に告げずにいた。

ましてや、まだ花が名前をつけられないでいる、あすなろ荘の住人たち——家族と友人と他人をないまぜにした関係の相手が、おたがいに秘密を持っていたとしても、仕方のないことなのに。

「……あの」

ちゃんと、問い詰めればいいのだろうか。

でもそれは、とても身勝手なような気がした。

聞き出して、何になるのだろうか。

——鹿嶋は、今、花を励まそうとしてくれている。頼ってくれようとしている。それでいいはずだ。

「なんだ」

「いえ、なんでもありません」

「ほら、敬語」

「あっ」

大丈夫ではないときに、敬語になる。

鹿嶋に指摘された自分の癖を思い出す。

「……なんでもない」

言い直して、花は立ち上がる。

ショッピングに出かけると言っていた葉子が、そろそろ帰ってくる時間だ。

すでに外は夕暮れを通り越して、夜の帳《とばり》が降りている。

◆

明日の朝、帰ってこられるかどうかわからない。

温めるだけで食べられるメニューがいいだろう。

すでにカーディガンを一度も脱がずに一日を終える日も多い。

冬だ。夜が長い。

「それじゃ、おやすみ。おばあちゃん」

「うん、おやすみ！」

「いい夜をね、花ちゃん」

「うん」

いい夜を。

葉子は年齢を感じさせないパワルフな女性だけれど、年相応に早寝早起きだ。

それが元気の秘訣なのかもしれない。

まだ二十代の花よりも、葉子のほうがずっと活力に溢れている。

もともとの素質なのか。

それとも、生活習慣なのか。

「いい夢をね、おばあちゃん」

「あはは、年寄りはそうそう夢も見ないさ。ぐっすりなんだから」

「そっか」

葉子を送り出す。

鹿嶋はこのところ、冷蔵庫から麦茶を拝借するとき以外は自室に引きこもっている。

——数年ぶりに、新しく書きはじめた小説の執筆が佳境なのだそうだ。

「さて、と」

明日は土曜日。

朝ごはんは、何にしようか。

なにせ、今夜は二日分の仕込みをしなくてはいけない。

夜はおでんパーティをするはずだ。

残ったおでんで茶飯は間違いないメニューだが、残るかどうかわからないものを当て込んでいるのは不安がある。

なにせ、花が明日中にあすなろ荘に帰ってこられるかもわからないのだ。

花の両親は、東京観光もかねて温泉つきのシティホテルに滞在している。

もしかしたら、花も一緒に泊まれとかそういうことを言いはじめそうだ。

というか、絶対にそう。

うまく、断れるだろうか。

正直、自信がない。

だから、丸一日経ってからも美味しい朝ごはんを仕込んでおきたいところだ。

「……ひき肉と、タマネギと……キャベツ」

普段はひき肉はそぼろにしたり、ミニハンバーグにしたりする。

今回は少し手をかけてみようと思った。

おでんパーティをすると聞いている。

花は不参加なので、詩笑夢におでんタネのリクエストを送ることはしなかったが——その代わり、花がコンビニのおでんで一番好きなタネを作ることにした。ロールキャベツだ。

キャベツを丁寧に剝《む》いた。

冬の走りのキャベツは固く巻いていて、歯ごたえがしっかりとしていそうだ。

根元に包丁を入れて、破かないように慎重に。

「あっ」

少し破いてしまった。

次だ、次。

料理には小さな失敗はつきもので、花にはたっぷりと夜の時間がある。

「あれ、花ちゃん。何してるの？」

「あ、晴恵さん」

寝間着の晴恵が、ダイニングにやってきた。

あすなろ荘の住人のなかでは比較的、早寝の彼女がダイニングにやってくるのは珍しい。

「どうしたんですか」

「ちょっと眠れなくてねー」

「本当に珍しいですね」

「それ、私も手伝っていい？」

「え、逆にいいんですか？」

「うん、お願いしてもいいかしら」

家事の手伝いをさせてほしいと「お願い」されるなんて、変な気持ちだ。

「キャベツを剝くのね、まかせて！　……って、意外と難しいわね」

「ゆっくりで大丈夫。時間はあるから」

「了解。花ちゃん、どんどん料理上手になるわよね」

「えっ、そうですか？」

「そうよ」

「そっか……そうだといいな」

晴恵の気張っていないのに、人を惹きつける会話にはいつも助けられる。

とても自然体のままで喋ることができるのだ。

沈黙すらも、心地がいい。

もくもくとキャベツを剝いていて、そろそろ終わりが見えた頃。

「会社で、ちょっともめ事が起きちゃって」

ぽつ、と晴恵がこぼした。

晴恵の作る空気のおかげで、花も身構えずに返事ができた。

「へえ」

気の抜けた返事……に聞こえてしまうかもしれない。

けれど、相談事にはこれくらいの返事が心地いいときもあるのだ。

あすなろ荘に来てから、知ったこと。

大学や会社は「正しさ」に溢れていて、何か花が相談事をしようものならば、同情に溢れた表情や同調を目的とした義憤が返ってきた。

それは嬉しいことだし、厚意での反応だった。

でも、それでは疲れてしまうこともあって。

あすなろ荘の人たちは、温かいけれど、いい意味で軽やかな返事をくれるのだ。

「退職するしないって話なんだけれど……親御さんが出てきてしまってねえ」

コミュニケーション能力を買われて、人事に関わる仕事をしている晴恵。

詳細な話は、守秘義務違反にあたるので話せない。

「少し体調を崩して……というか、新卒の子にいるのだけれど、入社してしばらく経って異動があって……そこでプツンと糸が切れちゃったのね」

「はい」

花にも覚えがある。

はじめは気が張っていて、どうにか仕事にも生活にもついていって。

けれど、少しのきっかけでプツンと何かが切れてしまう。

花の場合は、それは一度の寝坊だった。

寝坊が怖くて、眠れなくなる。

徹夜と過眠を繰り返す。

めちゃくちゃな睡眠で、朝に身体が動かなくなる。

……そうして、夜が怖くなって。

自分のことが惨めになって。

あすなろ荘に流れ着いた。

「……まあ、親御さんが出てくることは珍しくないんだけれどね。今時って感じよ」

「……はい」

「ずっと、親御さんの期待に添うように頑張ってきたのでしょうね。それで親御さんもね、一生懸命にその子を守って育ててきたのだわね」

晴恵がキャベツを剝き終わって、手を止める。

花はたっぷりのお湯を片手鍋に沸かす。

塩をひとつかみ。

沸騰したら、キャベツの芯から湯に入れる。

ふた呼吸と少しを置いて、全体を湯に落とす。

キャベツの温度で一度冷めた湯が再び沸騰したところから、またふた呼吸。

ぐらぐら、ぐらぐら。

キッチンタイマーできっちりと時間を計ることも大切だ。

けれど、キャベツは季節や個体によって柔らかさや火の通りやすさが違う。

だからこそ、そのときのキャベツの様子を見ながら茹《ゆ》でるのがいい。

人と同じだ。

一律の対応をしていれば楽だろうに、晴恵がこんなに悩むのは、毎回起きる問題が、人と状況ごとに少しずつ異なっているからに他ならない。

キャベツを湯がいて、かなり早めに引き上げる。

余熱で火が通るのだ。

十一月のあすなろ荘のキッチンに、もうもうと湯気が立ちこめる。

夏ならもっと茹で時間は短くてもいい。

それに、これは下ごしらえ。

火が通って柔らかくなったキャベツの粗熱をとっている間に、肉だねを作る。

ひき肉に下味をつけて、粘りが出るまでこねる。

ぱたぱたとうちわで茹で上がったキャベツをあおぎながら、晴恵が言った。

「巣立ちって、難しいわよね」

「はい」

「私はね、十代でこっちに出てきてから一度も親に会ってないのよね。ひとりでやってきた……って威張ってたけど、そんなこともなくて。お店のママや、お客さんや、同僚……人の縁でやってきたの」

「晴恵さんは、すごいです」

「うん……でも、その子みたいに家族っていう絆だったり、しがらみだったり――少し眩しいし、否定する気にもなれないのよね」

晴恵が小さくあくびをした。

まるで、花の今の状況を分かっているみたいだ。

花とて、両親が嫌いなわけではない。

むしろ、あすなろ荘に来てからより感謝の気持ちも湧いてきた。

花が実家にいるときには朝ごはんを欠かしてたことがなかったのは、母の努力あってのことだ。

それでも。

折々の連絡も、節目ごとの帰省も欠かしていないほうだと思う。

やはり今回のようなことは、わずらわしいと感じてしまう。

もう花は大人なのだ。

こうして、葉子のあすなろ荘に身を寄せていることになってしまっているけれど――もう、子どもではないのだ。

以前ならば、唯々諾々と両親のすすめに従って生まれ育った町に帰っていたことだろう。

でも、今は――。

「ごめん、愚痴っちゃった。おかげで気が軽くなったわ」

「いえ！　私は何も」

「いつも花ちゃんには助けられてるの。葉子さんとは違う魅力が、あなたにはあるわ」

「おばあちゃんと、違う魅力……」

「葉子さんが葉っぱなら、あなたは花ってこと」

「……？」

「葉っぱは人に木陰をくれる。花は人に癒やしをくれる」

「木陰と、癒やし……」

「ええ。葉子さん、パワフルな人じゃない？　だから、そばにいると元気が出るし安心するの……守られている、っていうか」

「それ、わかる気がします」

「でも、花さんが台所に立っているのを見つけるとね、花を見つけた気分になるの。岩陰に咲いている、名前も知らない小さな花よ」

「……それ、褒めてます？」

名前のない花。

地味ということだろうか。

それとも、取るに足らないということだろうか。

「褒めてるわよ。花を見つけたら嬉しいし……その花にちょっとだけでも向き合って、ふっと息を吐けるでしょう。元気をもらうんじゃなくて、自分の中にある元気を見つけ出せるような……そんな人よ、花さんって」

「晴恵さんの話って、いつも含蓄がありますよね」

「あら、そう？　ただもったいぶっているだけよ」

ふわ、と晴恵が大あくびをする。

「途中までごめんね、そろそろ先に寝かせてもらうわ」

「はい、おやすみなさい」

眠れない夜にも、いいところはある。

先に寝るあすなろ荘の住人たちに、「おやすみ」と言えるところだ。

とんとん、と控えめな足音が響く。

「……さて」

花は湯がいたキャベツの山と肉だねに向き合う。

今頃、詩笑夢もコンビニでレジや品出し前の商品を前に「ようし！」と気合いを入れているる頃だろうか。

湯がいたキャベツで肉だねをまいていく。

「……あっ！」

しまった、と花はフリーズする。

かんぴょうを水で戻しておく必要があった。

ロールキャベツをきゅっと縛って崩壊を防ぐのだ。

「むむ……」

すっかり巻き上がったロールキャベツを前に思案する。

「……仕方ない」
花は買い置きのスパゲティを取り出した。
スパゲティを手頃な長さにポキポキと折って、それをロールキャベツに突き刺した。
きゅっと結んだかんぴょうよりは心許ない。
丁寧に巻いたロールキャベツ。キューブのコンソメで煮込んでいく。
白出汁をわずかに入れるのが、ちょっとした隠し味だ。
肉だねに火が通るように、くつくつと煮込む。
二十分ほど経ったところで火を止める。
トングでそっとつまみ上げる。
タッパーに移し替えて、粗熱をとったら冷蔵庫へ。
「よし、と」
一晩冷ませば、お箸で切れるほどの柔らかいロールキャベツになっているはずだ。
朝から野菜もタンパク質もたっぷりとってほしいけれど、噛み応えがあるものは厳しい
――くたくたになった柔らかいロールキャベツなら、スープ感覚で食べられるはずだ。
これならば、野菜も肉も摂取できて、かなり満足感がある。
日曜日の朝食としては、なかなか豪勢なのではないだろうか。
明後日の朝ごはんについては、安心だ。

安心できないことは、ひとつだけ。
「……いよいよ、明日かぁ」
土曜の夕方に、表参道。
都心に出てきたばかりではしゃいでいた頃には、そういう予定があったこともあるが
――なかなかに不安だ。
窓の外を見る。
まだ、薄暗い。
新聞が届いた音がして、花はそっとあすなろ荘の外に出た。
届いたばかりの新聞を手に取る。
おそるおそる、門の所まで歩いてみる。
空色の旧式のシトロエン。
カバーを被ったままの、鹿嶋のバイク。
――多摩川の下流が、橙色に染まっている。
夜明けだ。時刻は五時半過ぎ。
ほう、と吐いた息が白い。
料理をしていて火照った頰が冷まされる。
と、同時に眠気が訪れた。

（あ、まずい……今寝たら……朝ごはん……）

昨日と同じ失態はしたくない。

起きてきた葉子に朝ごはんの支度をさせるのは、花のプライドに差し障る。

そう、花にだってちっぽけなプライドくらいはあるのだ。

……結局、気合いで七時まで起きていた。

重い頭と、閉じそうになる瞼と戦いながら、意地で全員をダイニングに迎え入れた。

しかし何も作れなかったので、炊飯器からごはんをよそって、せっかく明日に向けて仕込んだはずのロールキャベツを温め直して出すことにした。

「おいしいっ！」

腹ペコで夜勤から帰ってきた詩笑夢は顔を輝かせていた。

柔らかいことには柔らかいけれど、まだキャベツの芯がきゅっきゅと嚙み応えがあるような気がした。

「うん、これはいいね！　白出汁が効いているのがいいじゃないか」

「よかったじゃない、花ちゃん。葉子さんのお墨付きよ」

葉子と晴恵の言葉に、力なく頷く。

嬉しくないわけではなかったが、眠くて仕方がなかった。

妙な時間に眠くなり、必要なときにはちっとも眠れない。

思うようにならない自分の身体が恨めしい。

「そういえば、仙人さん。あなたバイク全然乗ってないでしょう」

葉子が鹿嶋に話しかけた。

けだるげに鹿嶋が応える。

花は二人のやりとりを朦朧としたまま聞いていた。

「え？　外出することもないし、溝の口ってのは首都圏の中心だから」

「なんだい、それ」

「都内のどこでも……八王子だろうと池袋だろうと、一時間圏内だ。電車移動のほうが都合がいい」

「バイク乗りにあるまじき発言さね」

「あれは移動手段だし……保険みたいなもんだから」

「保険？」

そこまでで、花の体力に限界がやってきた。

「……ごちそうさま」

花は自分の分のロールキャベツを半分以上残して、早々に食事を切り上げることにした。

ラップをかけて、付箋紙に「花」と書いて貼り付ける。
そのまま、冷蔵庫へ。
食べ終えた後の食器の始末は、各自にお願いしてしまった。
夕方からの予定に遅刻するわけにはいかない。
遅刻などしようものなら、花への信用がなくなる。
そうなれば、有無を言わさずに実家へ連れ戻されることになるだろう。
眠ろう。
昼過ぎには、何があっても、絶対に起きなくては。
手足がしびれるような不快感を感じて、気絶するように眠った。

◆

指定された創作料理屋は、ホテルの中に入っていた。
受付で名前を告げると、たいへんスマートな流れでもって個室に通された。
完全な日常着でやってくるには、少々気が引けるタイプの店だった。
(……よかった、一応ワンピース着てきて……)
沙織はこういったＴＰＯに口うるさいのだ。

他人から馬鹿にされることを、極度に恐れている。

「いいじゃない、その服」

「うん、ありがとう」

店に現れた花を、上から下まで嘗《な》め回すようにチェックした。

幸い、今日の出《い》で立《た》ちは沙織のお眼鏡《めがね》にかなったらしい。

俊介は相変わらず黙って、きょろきょろとあたりを見回している。

数日前に会ったばかりで、とりたてて新しい話題もない。

肉親といえど、こういう状況で会えば他人と同じだ。

少し、気まずい。

どうにか話を繋いでいると、比嘉洋平が現れた。

「大槻さん、お久しぶり」

「あ、はい。どうも」

花のなかにある比嘉洋平は、教室の隅で背中を丸めて机の木目を見つめている、ひょろりとした男の子だった。

目の前にいるのは、肉付きのないスマートな――都会的で知的な体型にツーブロックにした髪の毛がビジネスマン然とした立ち姿だ。

「ごめんね、こんなところまで呼び出して」

「い、いえ」

「どこに住んでるんだっけ？」

「えぇっと……世田谷のほうに」

本当は、世田谷の川縁からさらに橋を渡った川崎市に住んでいるのだけれど、両親にあすなろ荘に身を寄せていることを知られたくなくて誤魔化した。

両親に知らせてある以前の住所は、世田谷だった。

「へえ。あのあたり、川沿いには新しいマンションも増えてるでしょう」

「あ、はあ」

「投機目的込みでマンション買った同僚もいてね。僕も検討してるんだ」

「……そ、うですか」

あすなろ荘がある一帯も、何度か再開発の話が出ていると聞いている。

昔からそこに根付いてきた人たちが追いやられて造られる、背高のっぽの清潔で高級なマンション——かつて、花も憧れていたこともあった。

けれど、手を入れて、手をかけて、大切に住み続けてきたあすなろ荘に慣れた今となってはその輝きは褪《あ》せている。

「洋平君、本当にありがとうございます。これを機会に、また仲良くしてやってねぇ」

「はい！　やはり昔からの知り合いがいると心強いですからね」

「……？」

知り合い、といっても花と洋平はほとんど交流がない。

にこやかに話し込む洋平と両親に、首をひねる。

「創作イタリアン、っていうと陳腐だよね。池袋あたりでぼったくり居酒屋が掲げてる看板っていうか」

「は、はあ」

「だいたい、池袋とか新宿で『肉バル』とか『創作なんちゃら』とか書かれている雑居ビル内の居酒屋のほとんどはぼったくりというか……ウェブ上の情報と出てくる料理がまるきり違っている感じしないかい？」

「そうでしょうか、あはは」

よく喋る人だ。

花は愛想笑いを浮かべる。

あすなろ荘に越してきてから、こんな笑い方をしたのは久しぶりだ。

あの家の人たちは、ぶっきらぼうだったりやたらとよく笑ったりするけれど、どちらも偽りのない表情だ。

「ここの料理は間違いありませんので……適当に頼んでも？」

「ぜひぜひ！　ね、花」

「うん」

沙織の圧に押されて頷く。

洋介が手慣れた様子で、各自の好みやアレルギーを聞き取りながら注文をしてくれる。

スパークリングワインが配膳される。

酒を口にするのも久しぶりで、花は少し戸惑った。

そんな戸惑いを置き去りにして、乾杯の音頭が行われる。

煌びやかな皿が、テーブルを埋め尽くしていった。

「それで、花さんはいつ地元に戻ってくるんですか？」

「え……？」

花は頭上を飛び交う上調子の会話をただただ聞き流していたが、急に話しかけられて肩をふるわせる。

「実は僕、地元に帰って実家の家業を継ぐことになりまして」

「家業……？」

「花、失礼でしょ。比嘉さんといえば――」

あ、と間抜けな声をあげた。

そうだ。

比嘉洋平。彼の祖母は、地元で長く力を持っていた代議士だった。

地元に帰って家業を継ぐというのは、そういうことだろう。

そして……。

「あんたもいつまでもふらふらしてないで、もどってらっしゃいな。比嘉さんのところで、働き口を用意してくださるみたいだから」

「え、ええ……ええええっ」

仕組まれていた。

そう気づいたときには、遅かった。

一流企業の海外事業部で働いていた比嘉洋平が地元に凱旋する。

代議士という「家業」を継ぐためだ。

地元での信頼を得るために、時間が必要だ。

有力議員で地場が強固なものならば、住居は地元の他にあるという場合もある。国政に携わる者ならば、余計に。

ただ、彼の継ぐべき地方議員はそうもいかない。

ファミリービジネス。

それに必要なのは、優秀か、あるいは従順な跡取り。

そして——。

「これを機に、あんたも地元に戻ってさ。比嘉さんのところで働きながら、色々と今後のこと考えてもいいんじゃない？」

今後のことという言葉の指すことは、ひとつだ。

そして、このあとに続く言葉は――。

「……あんたも、いい年なんだから」

世の中、よくなっているという。

独身で生涯を生きるおひとり様も、友人同士でのシェアハウスも、同性同士で人生を歩むことも、「あり」とされている。「悪くはない」という建前になっている。

いい年なんだから、なんていう古びた言葉を発する人のほうが後ろ指を指される世の中だ。

それでも、多くの人がうっすらと思っているのだ。

――「正しい」人生があるはずだと。

かつて花が、自分の家の朝ごはんを「間違っている」と嫌っていたように。

正しい朝ごはんがあるはずなのだと、口をとがらせていたように。

……煌びやかな食卓を見下ろして、花は唇を噛んだ。

正しい進学、ただしい恋愛。正しい就職、正しい労働。

正しい結婚、正しい出産。

そんなもの、と。

そんな古くさい人いるわけがない、と。

アップデートされた自意識をもった人は嘲笑う。

でも、いるのだ。

隣に、後ろに、正面に。

そして……誰の中にも、正しさを求めて誰かを、自分自身を責めずにはいられない心があるのだ。

それからも、転がるように会話は進んでいった。

豪華な食事に手をつけているはずだけれど、ちっとも味がしなかった。

◆

気力をそがれてしまったのかもしれない。

押し切られるように両親の宿泊しているホテルに泊まることになった。

補助ベッドを導入して、そこに俊介が寝ている。

夜勤の父は勤務のない日には早々に眠りについてしまう。

沙織といえば、それよりも前から深い眠りについている。

二人のいびきを聞きながら、窓の外を見る。

キラキラと街の明かりが煌めいて、すでに終電がなくなろうとしている時間なのに街は休むことを知らないようだった。

あすなろ荘の前を流れる、墨を流したように暗い多摩川の水面を思い出す。

あの昏さが、花は好きだ。

静かで、優しくて、冷たい川の流れ。

そのほとりを誰かが歩いていることがあって。

眠れない夜には形はないけれど、あの川の流れのような形をしているのならば、夜も悪くはないのかもしれないとか。

そんなことを思ったりもした。

眠らない、煌びやかな夜。

眠れない、喧噪の街。

それは同じく上手く眠れない花に安心感を与えてはくれなかった。

ただただ、孤独が加速する。

しんと静まりかえった、時折トラックの走行音が響くキッチンが恋しい。

（……私、やっぱり……）

スマホを取り出す。

あすなろ荘のグループチャットに、今日は外泊になると連絡を入れてある。

各自から「了解」とか「気をつけて」とか短い返信があった。

それに対して。

比嘉洋平と連絡先を交換した。

長々とした、お礼メッセージが送られてきていた。

すこし崩したビジネスメールといった様相で、誰からも嫌われない文面だった。嫌われないための、文面だった。

「……あ、充電やばい」

充電器を持ってきていなかった。

財布の中身が心許ないので、コンビニで二千円近くする充電器を買うこともできなかった。

ホテルの受付で借りることもできるのだろうが、そんな気力も起きない。

思わず、溜息をつく。

清潔なホテルの部屋。

文庫本も、ラジオもない。

落ち着かない。

定刻になると響く柱時計の音に驚くこともないはずなのに。

明日も朝食ビュッフェが行われるとかいうことを聞かされていたけれど、花の頭の中はあすなろ荘のダイニングでいっぱいだった。

何度も身じろぎをしていると、掠れた声が花の名前を呼んだ。

「あなた、まだ起きているの」

「……お母さん」

「あなたも、お父さんと一緒で宵っ張りなのね」

「うん、そう……？」

寝ぼけた様子の、いや、もっと言えば、不機嫌そうな声で沙織が言った。

「で、いつ帰ってくるの」

「私、帰るとは言ってないよ」

「はぁ……花、何言っているの」

小さな子どもを諭すように、沙織が言う。

「ね？　花ちゃんも頑張っているだろうけど、前の仕事も今のバイトも……何しているか知らないけれど、こっちに帰ったほうがいいわ」

「でも……」

「意地を張らないの。それ、あなたがやるべき仕事じゃないでしょう」

「……っ！」

やるべき、仕事。

花はその言葉に、強い引っかかりを覚えた。

やるべき。

こうあるべき。

――本当は存在しない正しさに、しがみつく言葉。

その正しさにしがみついて、他人や自分を断罪することで得られる安心感を花は知っている。

その安心感の先にあるのは、幸せでもなければ、安寧でもなく、すべてを飲み込んでしまうような眠れない夜であることも。

「……違う」

「え?」

そうだ、違う。

あすなろ荘の大家代理なんていう仕事は、花がやる「べき」仕事ではない。

きっと葉子のほうが、花なんかよりもずっと上手くやれる。

花が朝ごはんを作ることを、誰ひとりとして強制していない。

家事手伝いみたいな仕事だ。

給与が出るとはいえ、わずかばかり。

今の花が、やる「べき」仕事なんかではないのだ。

「違うの、お母さん。私ね、今……やりたい仕事をしているの！」

そうだ。

どうして、こんなに帰りたいのか。

あすなろ荘の朝ごはんを作ることは――花のやる「べき」仕事ではない。

やりたい仕事だ。

花はベッドから這い出す。

外にはまだ、夜が広がっている。

終電も終わっている。

スマホの充電もないし、財布の中は充電器を買うこともはばかられる金額しか入っていない。

「私、これからやりたい仕事があるの。帰るね」

「ちょっと、花⁉」

ホテルの寝間着を脱ぎ捨てて、一張羅のワンピースに袖を通す。

ストッキングを穿《は》いている時間も惜しいように思った。

コートを羽織って、部屋を飛び出す。

時刻は一時十五分。

スマホを取り出して、あすなろ荘のグループメッセージを開く。

――今から帰る。


あすなろ荘のルール。

帰宅の時間は、なるべく連絡すること。

大家代理として、ルールは守らなくちゃいけない。

◆

――大丈夫か？

帰ってきたのは、いつもの短いメッセージだった。

個別メッセージだった。

送り主は鹿嶋。個別に連絡がくるのははじめてのことだ。

いつもは連絡がマメなほうとはいえない彼は、こういうときに不器用な「大丈夫か」を送ってくる。

花はもう充電がほとんどないスマホで素早く入力する。

「大丈夫！」

無意識につけてしまった語尾の「です」を消した。

自分は大丈夫、と自分自身に言い聞かせるように。

スマホアプリを起動して、素早く操作する。

近くに、花がよく利用するレンタサイクルのステーションがあった。

電車が動いていなくても、これさえあればあすなろ荘まで帰れる。

時間はかかるだろうが、表参道からあすなろ荘までは国道246号線を使えばほぼ一本道だ。

電動アシストつきのレンタサイクルならば、今夜のうちにといわず夜が明ける前にはあすなろ荘に着けるだろう。

あすなろ荘に置いてあるクレジットカードを使えば、タクシーで帰ることもできるかもしれないが——どうしても、自分の足で帰りたい気分だった。

自分を呼ぶ母の声が、まだ聞こえてくるような気がした。

ごめんなさい、と呟いて自転車に跨《また》がる。

あとでたくさん、謝ろう。

本当のことを話そう。

一緒に晩酌みたいな朝ごはんを食べながら。

——だから、今だけは……。

ペダルを踏み込む。

ぐいっと背中を押されるような感触がして、電動アシスト自転車が走り出す。

十一月の冷たい空気をかき分けるようにして、花はあすなろ荘に向けて走り出した。


表参道から、渋谷へ。

渋谷から、まっすぐ、まっすぐに自転車を漕ぐ。

しかし。

もうすぐ三軒茶屋というところで、異変が起きた。

「……あっ」

レンタサイクルの後輪から、突き上げるような衝撃がかかるようになった。

がごがご、がご。

——パンクだ。

「どうしよう」

レンタサイクルのステーションが近くにあれば借り換えることもできるが、それにはアプリでの操作が必要だ。

スマホを取り出す。

もう電源はほとんど残っていない。

……どうしよう、と頭を抱える。

朝まで待って電車で帰ることもできる。

しかし、周囲を見回してもカラオケなどは見当たらない。

駅と駅の間の、谷間のよう場所だ。

安心して時間を潰せるような場所はどこにもない。

目についたレンタサイクルのステーションに、とりあえずパンクした自転車を返却した。

のちほど、アプリからパンクしているという報告を入れておかなくては。

「……どうしよ」

心細い気持ちになって、スマホをもう一度見る。

どうにかバッテリーが持ってくれれば――と、ポップアップに気がつく。

着信履歴が、あった。

十分前、鹿嶋仙人《かしませんと》からだった。

「鹿嶋さん……」

少し戸惑って、折り返した。

誰かに甘えてはいけないと、かつて思いこんでいた。

けれど、今は誰かに頼られることの心地よさを知っている。

『……もしもし』

「大槻か。大丈夫なのか」

「いいえ、大丈夫じゃないんです。その、自転車がパンクして……」

『は？　今どこだ、迎えに行く』

「えっと、三軒茶屋の……えっと」

『進行方向、むかって右側の歩道を歩いてろ』

「え？　あの鹿嶋さん？」

いくら呼びかけても、反応がない。

スマホを見る。

ほのかに熱をもったまま、画面が暗くなっていた。

バッテリー切れだ。

はあ、と溜息をひとつ。

溜息が白く虚空に消えた。

「えっと、右側……って、あっち側？」

深夜に女性ひとりで立ち尽くしているのは不用心だ。

ヒールのまま、まっすぐ歩き出す。

とにかく前へ。

腕時計を見る。時刻は二時過ぎ。

あと三時間もしないうちに、東急田園都市線の始発が動きはじめる。

行けるところまで歩いて、電車に乗ろう。

花は黙々と歩いた。

夜の底を、黙々と、歩いた。


靴擦れがズキズキと痛む。

神経を爪ヤスリで撫でられているような痛みに、花は立ち止まった。

「……はぁ、はぁ……痛っ……」

ヒールを脱ぐ。

かかとの皮がよれて、血が滲んでいた。

働き方改革やら疫病による生活様式の変化だとかで、多くの飲食店はとうに閉店している。

ぽつぽつと明かりをつけている個人経営のバーに入る勇気はなかった。

ヒールとかかとの間にハンカチを噛ませて、また歩きはじめる。

とにかく、どこかの駅の近くまでは歩いておきたい。

すでにバッテリーがなくなっているスマホを、何度も取り出した。

そのたびに、電力の供給がなくなれば、ただの手のひらサイズの石板と同じなのだと思い知る。

いつもはスマホを見ていたのではなく、スマホの画面に映し出された情報を見つめていたのだ。

このスマホの画面に、何度も助けられた。

素人《しろうと》の作ったレシピから、食品メーカー推奨のレシピまで、朝ごはん作りの助けになってくれた。

今は真っ暗な画面のまま、うんともすんとも言わない。

電源の切れたスマホというのは、なんだか死体じみているなと思う。

スマホの死体をバッグに突っ込んで、また歩きはじめる。

こんな無理をする必要なんてない。

馬鹿みたいだ。

朝まで待てば、いくらだって電車は走っているのに。

——けれど。

前へ。少しでも、前へ。

明日は、明日こそは、何者か、なりたい自分になろう。

あすなろ荘の人たちは、そうして藻掻いている。

鹿嶋は自分の小説に救われた花という読者と出会って、再び筆を執った。
詩笑夢は観客の前で震え上がる自分を乗り越えて、歌い続けている。
晴恵は日々悩みながらも働いている。
そんな住人たちを、葉子はその木陰に抱いて見守っている。
——あすなろ荘の人たちは、路傍の花のような自分を見いだしてくれた。
——だから、自分も明日こそは。
夜の底を歩く。
一歩、また一歩。
瀬島カントの小説の一節を思い出す。
『深海のような夜の底を、泳ぐように歩く。
光を求めて駆けるのだ。
夜を切り裂き歩むことは、きっと祈りに似ているから』
そうだ。
夜の国道246号線をまっすぐに歩け。

夜明けを恐れずに、光を求めて。

太陽に向かってまっすぐにそびえる、あすなろの木のように。

もう夜は怖くない。

……しかし。

夜は花の味方だった。

「……いったい」

足がズキズキと痛む。

思わずしゃがみ込みそうになる。

夜通し営業しているバーからでてきた、へべれけの男性客二人組が花のほうを窺《うかが》っている。

ドクドクと心臓が高鳴る。

よた、よた、と男たちが花のほうへ歩いてくる。

怖い、と思った。

親切心から声をかけようとしてくれているのかもしれない。

けれど、今の花はあまりにも弱い。

（……助けて）

心の中で、そう呟いた。

どうにか立ち上がって、逃げようとする。

……そのときだった。

「大槻！」

「……えっ」

眩しいヘッドライト。

ビッグスクーターだ。

真っ黒い車体。スズキのスカイウェイブだ。

跨がっているのは鹿嶋だった。

フルフェイスのヘルメットを被っているが、バリトンの響きは彼に違いない。

「——やっと見つけた」

バイクを停車させて、ゆっくりと鹿嶋がこちらに歩いてくる。

酔っぱらい二人組が「なんだ、ツレか」と呟いて逆方向へ歩いて行った。

彼らの夜も、まだまだ終わらないのだろう。

「それが、鹿嶋さんのバイクですか？」

「ああ。おっさんみたいだろ」

「いや、そんなことは思いませんけど」

「久々に乗った……っつーか、こんな遠くまで外出したの久々だ」

「あの……迎えにきてくれたんです、か？」

「ああ。見つけられてよかった」

「そんな……道沿いに人を見つけるなんて」

「一か八かだったな……こんなにゆっくり走ったことない」

２４６号線沿いをゆっくりと花を探しながら走っていたのだという。

「あんたが前向いて歩いてくれてるから、見つけられた」

「本当ですか？」

「もちろん、本当だ……あんたは花のような人だから、ちゃんと見つけられるとは思ってた」

「……っ」

なんて恥ずかしいセリフを言うのだろう、と花は思った。

けれど、瀬島カントの小説を編む言葉が彼の中にあるものだとすれば、さもありなんと思われた。

「帰るぞ、乗れ」

「えっ」

「……ニケツしたことない？」

「は、はい」

「ほら、ヘルメット」

渡されたジェットヘルメットのベルトをどうやって締めるのかわからずに花が戸惑っていると、鹿嶋が手を貸してくれた。

大きな骨張った手が顎元に伸ばされたことを、少し意識してしまう。

「あと、これ着ておけ」

「あ、はい？　雨……降ってないですけど……」

シート下から、レインコートの上下を渡される。

「そんな足むき出しでバイクには乗せられない」

「えっ」

「万が一こけたときに、着ていたほうが少しはマシだ」

「あ、転倒」

「二輪にも人生にも絶対はないからな。マンホールが夜露に濡れているし、念のためだ」

「……ありがとう」

ワンピースの上から上下のレインコートを着込む。

ビニールの臭いがツンと鼻についた。

リアシートに跨がる。

視座が高くなった。

促されるままに、鹿嶋の背中にしがみつく。

どどぅ、と低温が響いてエンジンがかかる。

エンジンに胸がときめいた。

ぐぅっと引っ張られるように、前に進んでいく。

夜を切り裂く、という言葉がどうして生まれてきたのかわかるような気がした。

鹿嶋と花を乗せたスカイウェイブが、東京の夜を切り裂いていく。


夜の246号線。

数台のタクシー以外は、とりたてた車通りもなかった。

やっと信号につかまったのは、瀬田の交差点だった。

「少し、寄り道していいか」

「え?」

「見たいものがあるんだ」

側道に入って、二子玉川の駅を超える。

あすなろ荘はもうすぐというところで、二人を乗せたバイクは左折した。

バイクは多摩沿岸道路をひた走る。

冬に向けて枯れていく多摩川の土手に茂る草の匂いを吸い込む。

鹿嶋の使っているシャンプーと、あすなろ荘の共用部に置いているフレグランスの香りが入り混じった匂いを、広い背中から感じる。

生まれてはじめてのオートバイは、花の心をくすぐる。

東京都大田区と神奈川県川崎市を繋ぐ丸子橋を通り過ぎ、ガス橋を通り過ぎてしばらくしたところで、鹿嶋はバイクを左に傾けた。

警備員のような出で立ちの人たちがいる。

「ごめん、少しだけ歩けるか？」

「あ、はい」

靴擦れを気遣われて、肩を貸してもらった。

なかば鹿嶋にもたれるように歩くと、美しい生き物が見えた。

「……馬」

川崎競馬の調教馬場だった。

夜闇のなかで、しなやかに走るサラブレッドがナイター照明に照らされている。

サラブレッドたちは熱い息をもうもうと吐きながら、疾走している。

あるいは、リズミカルに速足で歩いている。

まだ夜も明けないうちに、多摩川の土手でこんなことが行われていたなんて知らなかった。

「なんて綺麗」

花は思わず呟いた。

多摩川から這い上がってくるキンと冷たい空気すらも忘れて、サラブレッドの動きに見とれた。

「……原稿が書き上がったら、こいつらを見に来るのがお決まりのパターンだった」

鹿嶋が呟く。

「あんたに、お願いがあるんだ」

鹿嶋は背負っていたぺたんこのリュックサックから、紙束を取り出した。

「これって」

「新作だ。たぶん、公募に出して一からスタートになると思う。前の仕事からずいぶん間が空いてしまったし……不義理もしたから」

鹿嶋の横顔を改めて見る。

目の下に酷いクマを作っているが、すがすがしい表情をしている。

「初稿をプリントアウトした。よかったら、読んでみてほしい」

「……うん。読ませてもらいます」

「たのむ」

「どうしよう、凄く緊張してるかも」

大ファンの作家の初稿である。

花は両手で愛おしむように、紙の束を抱いた。

一枚目。

表紙にはタイトルが書いてある。

──『君はただ、夜に咲く』。

美しくて、はかなくて、優しいタイトルだと思った。

深い夜の中で走るサラブレッドを、鹿嶋と並んでしばらく見つめた。

冬の長い夜は、まだ続く。

「……そろそろ、行かなくちゃ」

花は呟く。

無理にでも今夜、あすなろ荘に帰りたかった理由がある。

それは──。

「朝ごはんを、作らなくちゃ」

そう。

朝ごはんは、住人揃って食べなくては。

そうしないと、眠れない夜の先に、どうしようもなくやってきてしまう一日が始まらないのだ。

けれど。

鹿嶋から予想外の一言が飛び出した。

「今日だけは必要ないと思う」

「え？」

花は首をかしげた。

釈然としないまま、鹿嶋のスカイウェイブのリアシートに乗ってあすなろ荘に戻った。


あすなろ荘に到着すると、安堵とともにどっと疲れが噴き出した。

眠れぬ夜の焦燥感や、居心地の悪い食事会の疲労感とは違う。

——自分のいるべき場所に帰ってきた安心感と、達成感があった。

さあ、朝ごはんを作ろう。

そっと玄関から入り、ダイニングキッチンに向かう。

あの古びた柱時計がチクタクと秒針を鳴り響かせるキッチンが、自室よりも落ち着く居場所になっている。

「あれ……？」

キッチンの明かりがついている。

消し忘れだろうか。

「花さん！」

「詩笑夢ちゃん⁉」

「おかえり、花さん」

「晴恵さんも……あれ、どうして起きて……？」

奥から葉子があくび交じりに顔を出した。

「どうしたもこうしたも、あんたを待ってたんだよ」

「おばあちゃん」

「葉子ちゃんは寝てたからねー」

「年寄りは寝ないとダメなのよ」

女三人が、くすくすと笑い合っている。

鹿嶋が早々に部屋着に着替えてきた。

「寒かったでしょ、シャワー浴びておいで」

「支度はこっちでしておくから」

おいやられるように風呂場へ行った。

熱いシャワーに、思わず溜息をついた。

バイクでの移動で、身体が芯から冷えてしまったようだった。

じわぁ、と全身の筋肉が緩んでいく。

みんなが、花のことを待っていてくれた——花は、胸の奥がじんわりと温まってくるのを感じた。

シャワーを浴びてあがってくると、時刻は朝四時近くになっていた。

まだ、窓の外は真っ暗だ。

夜明け前が、一番昏い。

「……あれ」

急激に、眠気がおとずれた。

頭痛もなく、眼球の痛みもない。

普段の、今にも気絶してしまうような眠気とも違う。

ただ心地のいい、眠気だ。

「少し寝たらどう?」

晴恵が、花の様子に気づいて声をかけてくれる。

「でも、今寝たら……」

不眠と過眠を、コントロールできない恐怖。

また、寝坊してしまうかも。

せっかく自分を出迎えてくれたのに。

けれど——。

「うん、ちょっと、お言葉に甘えるね」

この眠気を受け入れよう、と思った。

「おやすみなさい」

いつもは自分が言うばかりだった挨拶をうけとって、四畳半の客間……花の自室へと引っ込んだ。

布団に横たわり、花は目を閉じる。

今まで忘れていた、心地よく身体がけだるくなる感覚。

すぅ、と花が小さな寝息をたてるのに時間はかからなかった。


——目が、さめた。

けだるいままにスマホの画面を見る。

朝六時半、ちょうど。

朝ごはんの支度をして、みんなを迎えられる時間だ。

身体が驚くほど軽い。

「……私、眠れて……起きられた……？」

呆然と、窓の外を見る。

朝の日差しが眩しい。

三時間前後の、短い睡眠だった。

出汁の匂いがただよってきた。

葉子が味噌汁を作っているのだろうか。

それとも、少し違う気がする。

「おは、よう……？」

「あ、花さん！」

詩笑夢がにかっと笑った。

「さ、食べよう。おでん！」

「え？」

コンロを見る。

寸胴鍋が火にかかっている。

「今、起こしに行こうと思ってたところだったの。よく眠れたみたいじゃない」

と、晴恵。

葉子は食卓で優雅に緑茶を飲んでいる。

その向かいでは鹿嶋が大あくびをして、マグカップにたっぷりの温かい麦茶を啜っていた。きっと、今日も砂糖入りだ。

どういうことだ、と混乱していると詩笑夢が笑った。

「おでん、一緒に食べようよ！」

「昨日食べたんじゃなかったの？」

「やっぱり、花さんも一緒じゃなくちゃ」

詩笑夢の勧めるコンビニで買ってきたというおでん。

おでんパーティをするのだ、と楽しみにしていたではないか。

「みんなで食べてこそ、あすなろ荘だよ」

朝食に、おでん。

丁寧でもなければ、特別でもなければ、手作りですらない食事。

それでも——自分のために用意してくれているというだけで、こんなに嬉しいのはどうしてだろう。

詩笑夢に促され、花は鍋のふたを開ける。

湯気が立ち上った。

鍋一杯の具材に思わずみとれる。

ただの、コンビニのおでんではなかった。

「ロールキャベツ、大きい……それに、たまごもこんなに」

「あ、それは」

「私たちで作ったのよ」

「ええっ」

昨日の朝、食べたばかりのはずだ。

「晴恵さんが、せっかくだから入れてみようって。うちのコンビニのロールキャベツも美味しいんだけど――」

「あすなろ荘といえば、朝ごはん……それも、真夜中に作る朝ごはんっていうのがさ、花さんが来てから定番になっちゃったから」

流しを見る。

ずっと、作業をしていたのだろう。

調理器具がまだシンクの中にある。

「晴恵さんが一緒に作ろうって言ってくれたの」

「ロールキャベツ、難しいのね。花ちゃん、本当に料理が上手になったんだね」

「そうそう。全然上手に巻けなくてさ」

仕事明けのはずの、詩笑夢が笑う。

「でも、楽しかったよ」

「まあ、不慣れな二人だから苦労したけどね」

と、笑い合う二人。

「ゆで卵たっぷりにしたの、鹿嶋っちが剝いてくれたんだよ」

「言うほどのことじゃねえだろ」

炊飯器から、うっすらとした醤油の匂いが漂ってくる。

茶飯を炊いてくれたのだそうだ。

味の染みたおでんに、茶飯。

朝食としては、やはり奇妙だ。

それでも——。

「おかえり、花さん」

「おかえりなさい」

こうして迎える朝の食卓は、花にとってかけがえのないものだった。

冬の朝の淡い日差しが差し込む。

エピローグ

あすなろ荘に、また夜が来る。

数日で、花《はな》には色々と変化があった。

まず、花はあすなろ荘の「朝ごはん係」になった。

正式な、「仕事」として。

柱時計が鳴り響く。

ボォン、ボォン……と、けたたましく時を告げる。

すでに十二月に入ったキッチンは、しんしんと冷える。

靴下を二枚重ねにしなければ、足下から這い上がる冷気で身体がカタカタと震えてしまうほどだ。

「花さーん、ただいま！」

仕事が非番だった詩笑夢《ぽえむ》が夕方からのバンドの練習から帰ってきて、わくわくとした表情でキッチンに駆け込んできた。

コートも脱がずに、ダイニングテーブルで書き物をしている花の手元を覗き込む。

あすなろ荘の朝ごはん係として引き継いだ「朝ごはんノート」。

古びた大学ノートの残りページもあと僅かとなった。

葉子の几帳面な文字と素朴なイラストが並ぶ前半のページに対して、後半部分は花の丸文字が並んでいる。

よくよく訊いてみると、葉子は日記は必ず三日坊主になってしまう性質らしく、毎日の朝食についての覚え書きもはじめのうちこそ張り切ってやっていたものの、すぐに飽きてしまったようだ。

何か印象に残ることがあったときにだけ書き込んでいたとか。

毎日とは言わずとも、こまめにノートを作り続けている花に葉子はしきりに感心していた。

「しっ！　おばあちゃん、もう寝てるから」

「っと、しまった……」

葉子はすでに就寝している。

年寄りの夜は早いのだ、というのが彼女の口癖だ。

詩笑夢が花の顔を覗き込む。

「明日の朝ごはん、何？」

もとより、朝の食卓には皆勤賞の詩笑夢だが、近頃は花の料理の腕前が上がってきたこともあり、朝のメニューが何よりの楽しみになっているようだった。

子どものような無邪気さに、花は思わず吹き出しそうになるのをこらえる。

「鮭とほうれん草のグラタンよ」

「わ、美味しそう！」

やったね、と小さく拍手する詩笑夢。

明日は夜勤らしいので、朝食をとったあとにまた仮眠をする予定だろう。

朝はまだまだ冷える。

明日は土曜日だ。

一週間の仕事を終えてリラックスモードの晴恵《はるえ》にも、明日の夜勤前に一眠りする詩笑夢にも、徹夜明けにダイニングに現れるであろう鹿嶋にも、温かいものを食べてほしかった。

本当は平日に作ろうと思っていたメニューだが、忙しい朝の時間にアツアツのグラタンを提供されては晴恵が適わないだろうと思い、今日にしたのだ。

「ふむふむ、グラタンね。おっけーおっけー」

詩笑夢が風呂で温まり、上階の自室に引っ込むのを見送る。

三日前に降った雪が、まだ日陰では凍ったまま残っている。

ふるり、と一つ身震いして花は立ち上がる。

小麦粉とバターと牛乳を少しずつ練ってホワイトソースを作るのだ。

これには、少し時間がかかる。

あとは柔らかく酒蒸しして骨を外した鮭と、湯がいたほうれん草をホワイトソースと重ねてとろけるチーズを載せればいい。

グラタン皿に盛り付けた状態で冷蔵庫に入れておけば、あとはオーブンで焼き上げるだけでアツアツのグラタンを食べることができる。

音量を低くして、ラジオを流す。

効率重視の動きとはほど遠い、ひとつひとつの作業をしては、お茶を飲む……という、のんびりとした調理だ。

ホワイトソースの粗熱をとりながら、鹿嶋の小説に目を通す。

あれから何度か改稿を重ね、かつてのツテで出版の可能性が出てきたらしい。

現代の夜を生きる男女数人の物語を、丁寧に、冷静に、そして温かい筆致で描いたオムニバスだ。

それぞれの物語が絡み合ったり解けたりするのが、花には心地よかった。

かつての瀬島カントの作品にあった、どこか頑なさを感じる鋭利な言葉が随所にありつつも、まろやかで、温かみのある作品になっていた。

花はそっと、ある一文に線を引く。

『前を見据えて、夜道を歩く。

前を、前を、そして、前を――。

けれど、やがて気がつくのだ。

立ち止まって、後ろを振り返ったときに、そこに道が出来ていることに。

歩み続ける自分の横を見たときに、そこに仲間がいることに。』


かつての瀬島カントの作品よりも、まっすぐで気取らない文章だ。


この言葉が――鹿嶋の編む、この優しい言葉が好きだなと思った。

あとで鹿嶋本人に、それを伝えよう。

ひとつ、またひとつ、グラタンができあがっていく。

葉子の、詩笑夢の、晴恵の、鹿嶋の顔を思い浮かべながら作る朝食は、花にとっては毎日、新鮮に思える。

あの日、カレーショップで会っていた詩笑夢と鹿嶋に胸を痛めていたことも、今となってては馬鹿みたいだ。

友人なのか、家族なのか、他人なのか。

名前をつけられないでいるこの関係は、いつ終わるともわからなくて。

小さな秘密くらいは、当たり前にあって。

だからこそ、愛おしい。

あすなろ荘に住む住人は、明日を目指して今日を生きる仲間だ。

古くさくて、前時代的な言葉だけれど、自分たちの関係を表す言葉を、花はひとつだけ見つけることができた。

「……同じ釜のメシ、か」

その「メシ」を作る役割を、花自身が務めていることが誇らしい。

あともう一つ、わかったことがある。

真夜中、眠れぬ夜の底——キッチンで手を動かしているときに、とても穏やかで静かな気持ちになる理由。

それは、たぶん。

(明日、食べるごはんを作ることは——静かに祈るみたいな気持ちだ)

食べることは、生きること。

明日のごはんを作ることは、明日も生きることだ。

明日も健やかであるように。

明日という日が、少しでもいい日であるように。

——明日のごはんを作ることは、きっと祈りに似ている。

全員分のグラタンができあがると、夜二時近くになっていた。

粗熱をとったグラタン皿を冷蔵庫にしまって、ぐっと伸びをする。

「……よし」

窓の外には夜の闇。

花は自室に向かった。

眠れたり、眠れなかったり。

起きられたり、起きられなかったり。

そういうことを繰り返しているけれど、少しずつ、花は夜に眠り、朝に起きることができるようになってきた。

朝食の仕込みを終えることで、少しだけ気持ちが楽になる。

仮眠レベルの短い時間だけれど、それでも花にとっては大切な「夜に眠れる」時間だった。

冷たい布団に潜り込み、温まるのをじっと待つ。

体温がすぅっと下がり、布団がぬくぬくと温まる。

じっと目をつぶっていると、温かい海の底に沈んでいくような錯覚を覚える。

眠りに落ちる間際、ふと何かを忘れているような感覚になったけれど。

それが何か思い出すこともなく、花は眠りに落ちた。

◆

数時間後。

花はアラームの音で目を覚ます。

寒さに布団の中で身体を丸めて、起き上がる。

セーターを頭から被って、パッチワークのエプロンを身につける。

時刻は六時少し前。

三時間にも満たない睡眠ではあるが、夜に眠れるということだけで花にとってはありがたい。

あくびをひとつ、それからぐっと伸びをする。

靴下とカーディガンで冷気に立ち向かう準備をしつつ、キッチンに行くと——人影があった。

「……鹿嶋さん？」

「これ、着ろ」

「は、はい？」

差し出されたのは、厚手のライダージャケットだ。

それから、フルフェイスのヘルメット。

「……下はジーンズならいい」

「いや、あの！」

「ほら、行くぞ」

ぐ、と腕を引っ張られる。

骨張っていて、温かくて、大きな手だ。

「あー……少し走りたいから、付き合ってくれ」

「ええ……？」

バイクのリアシートは氷のように冷たい。

二人の跨がるスカイウェイブ、ぐぅっと多摩沿岸道路を走りはじめた。

多摩川沿いを川下へ。

川から朝靄《あさもや》が立ち上ってきて、ヘルメットのシールドを濡らす。

川崎競馬の調教馬場まで、十五分ほどバイクを走らせる。

白んだ東の空に浮かび上がる、サラブレッドたちを見る。

馬体からもうもうと湯気があがっている様子に圧倒される。

隣の鹿嶋は、なぜだかソワソワしているようだった。

以前、一緒に来たときには引き込まれるように馬たちを眺めていたのに。

「……あの、朝ごはんの支度が……」

「ん？」

「そろそろ、帰らないと」

歩いて駅を探して帰ることはできるだろうが、土地勘がない。

移動手段を他人に委ねている心細さに、花は少し唇をとがらせる。

腕時計をちらちらと見て、鹿嶋はきびすを返した。

「よし、行くか」

「……変な鹿嶋さん」

「変？」

「何か、隠し事ですか」

「……そんなこと、ない」

「まあ、いいですけど。鹿嶋さん、たぶん自分が思っているより嘘が下手ですよ」

「いや、一応はこれでも小説家だぞ。嘘を売っているんだ」

「……嘘って言わないでくださいよ」

「美しい嘘をつくのが俺の仕事だ」

「なんか、煙に巻かれている気がする」

「……ほら、行くぞ」

やっぱり、嘘が下手だ。

長く伸びた前髪の下の目が、少し泳いでいる。

花はちょっと笑って、ヘルメットを抱えなおした。


朝日を背負って、あすなろ荘に戻る。

あれ、と思った。

キッチンに明かりがついている。

誰かが先に起き出してきたのだろうか。

花が出かけていることに気がついて、葉子が朝ごはんの支度をしてしまったら嫌だな、と少し焦った気持ちになる。

「ごめんね、いま支度……え？」

ダイニングキッチンに入ると——テーブルに、色とりどりの料理が並んでいた。

その瞬間。

ぱあん、と何かがはじける音がした。

心が躍る、火薬の匂い。

「花さん、お誕生日おめでとう！」

「あはは、驚いた？」

「え、あっ！」

大きなふわふわのスクランブルエッグ、鮭フレークが載ったおにぎり。サーモンとアボカド漬けの、ユッケ風。卵液が芯まで染みたフレンチトースト——どれも、花があすなろ荘の朝ごはんの定番にしたメニューばかりだ。

そして、テーブルの真ん中には大きなケーキ。

「花さん、今日お誕生日でしょ？」

「あっ……あー……」

スマホで日付を確認する。

そうだ。誕生日。

忘れていたわけではないけれど……頭からすっぽ抜けていた。

ぽかん、と呆然としている花の顔を見て、葉子がカラカラと愉快そうに笑う。

「詩笑夢ちゃんが、あんたの誕生日祝いをしたいって相談してくれたんだよ」

「えっ」

「鹿嶋っちに色々と手伝ってもらったんだ。部屋にちっちゃい冷蔵庫持ってるから、それ使わせてもらったり……花さん連れ出してもらったり……」

「あ、あー……」

「でも、焦ったよ。花さんに聞かれないように外で話してたら、花さんが来るんだもん」

「それって……溝の口シアターのカレー?」

「そうそう!」

詩笑夢と鹿嶋の密会。

花への隠し事――だと思っていた。

隠し事の真相が、花の誕生日祝いのサプライズだった。

今は小さなしこりになっていたけれど、当時は泣きたいくらいに胸がモヤモヤとしていたのを思い出す。

ホールケーキも、見覚えがある。

数週間前のことだ。

晴恵がダイニングで、取り寄せスイーツのカタログを広げていた。

世間話のつもりで、ああでもない、こうでもない、と食べてみたいケーキの話をしたのだった。

「そ、それ……けっこうお高いケーキなのでは……っ!」

カタログのケーキはどれもフレッシュフルーツを使ったもので、かなりの高級品だったはずだ。

「鹿嶋くんの冷蔵庫の容量ギリギリだったわね!」

「……おかげで、俺のビールが全部ぬるくなっちまったな」

「部屋でビールを冷やしてたんです⁉」

「お部屋でビールを⁉」

「いや……ここで飲むわけにもいかないだろ」

「は、はあ」

いつもけだるげに起きてくる鹿嶋の様子を思い出して、合点がいく。酒臭くなるほどには深酒をしていないようだけれど、部屋に冷蔵庫まで持ち込むというのは、なかなかだ。

ひとつ屋根の下に暮らしている、同じ釜のメシを食う間柄でも、知らないことはまだまだある。

でも、それでいい──花は、そう思った。

テーブルいっぱいに並んだ朝食を見て、花はこみ上げてくるものを感じた。

長い夜をついやして作る、花の朝ごはん。

明日という日も、生きていこう──そんな小さな祈りを込めて作り続けてきたメニューばかりだ。

鹿嶋と花が出かけている短い時間で支度をしてくれたようだ。

おそらく、かなり綿密に計画してくれていたのだろう。

「やっぱり、うちらがお祝いするなら朝ごはんだなって」

「……だな」

「この子たちが自分で料理しようなんて、今までなかったよ――やるじゃないか」

葉子が、目を糸のように細める。

「こりゃ、いつでも世界旅行に出かけられそうだ」

「おばあちゃん！」

まだ、葉子のかわりにあすなろ荘の大家をするのは荷が重い。

悩んで、考えて、悶々と過ごしていたあの日々を思い出すと――いや、案外悪くないのかもしれない。

「花さんの朝ごはんも、食べたい！」

「え？」

「グラタンなんでしょ、今日」

詩笑夢に促されて、花は頷く。

ストーブを焚《た》いているとはいえ、足下からはしんしんと冷気がせり上がってくる。

花は冷蔵庫を開けた。

大型とはいえ家庭用オーブンで一度にやけるグラタンは四つまでだ。

あすなろ荘の住人は五人だ。

二回に分けて焼き上げる必要がある。

猫舌ぎみの晴恵と、シンガーという立場上やけどに気をつけている詩笑夢の分、それから花の分を先に焼くことにした。

チーズの焼き目がこんがりと、いい香りをただよわせている。

二回目は庫内がよく温まっているので、設定時間を少しだけ短めに。

夜中に仕込んで、朝に焼き上げる。

焼き上げる順番ひとつとったって、あすなろ荘のみんなのことを知って、もう花は迷わずに動く事ができるのだ。

「……できた」

柱時計が、七つ鳴る。

全員が、いつもの席につく。

朝ごはんというには、あまりに豪華でちぐはぐなメニューだ。

「いただきます」

「花さん、そうじゃなくて」

「お誕生日、おめでとう！」

それぞれ麦茶やミルクティーで満たされたマグで乾杯をする。

ちぐはぐな、どう考えても「正しく」なんてない朝の誕生日会。

でも、最高にあすなろ荘に暮らす自分たちらしいテーブルだ。

鼻の奥が、ツンとする。

どの料理も、本当に美味しかった。

いつものメニューが、今日は特別だった。

「ふー、朝から豪勢だねえ！　年寄りは明日まで何も食べなくていいくらい」

「とかいって、葉子ちゃんおやつよく食べてるの知ってるんだから」

「あはは、詩笑夢ちゃんはめざといねぇ」

「そういえば」

鹿嶋が砂糖入りの麦茶を啜って、呟いた。

「朝のことを、昔の言葉では『あした』というな」

「へえ」

「朝と明日が同じ音を当てられていたのは興味深いことだと思う。……朝日は未来の象徴だったんだろうな」

鹿嶋は上機嫌で、饒舌だ。

原稿が書き上がったときや、新しいアイデアが浮かんできたときと同じ声の調子である。

ふぅんと、詩笑夢がケーキを頬張って首をひねる。

「じゃ、朝ごはんは、昔は『あしたごはん』だったってこと？」

「ふふ、それは『あさげ』じゃない？　ほら、インスタントのお味噌汁でそういうのあるじゃない」

晴恵がころころと笑った。

妙な語感の言葉だけれど、それはカーテンの隙間から差し込む朝日のように花の胸にすぅっと染みこんできた。

「……あしたごはん、か」

思わず、その言葉を口の中で転がした。

「それ、花さんの朝ごはんらしいね」

「たしかにねぇ」

「あしたの朝ごはん、うちいっつも楽しみだもん！」

真夜中のキッチンで明日のごはんを作ることは、きっと祈りに似ている。

「うん、ありがとう」

花は、思いきり微笑んでみせる。

ぶぶ、とスマホが震える。

ちらりと液晶を見ると、母からのメッセージだった。

スマホをしまって、思う。

この温かな朝食をとりおえて、キッチンをぴかぴかにしたら、母に電話をかけよう――

先日の非礼をわびよう。

そうして、すべてを話そうと思った。

葉子を頼って、あすなろ荘に住んでいること。

大家代理として奮闘した日々のこと。朝ごはんのこと。

その前に、眠れなくなって仕事をやめてしまったこと。

今なら、取り繕わずにすべてを話せる気がした。

だって。

花はこのあすなろ荘で朝ごはんを仕込む、眠れない夜を花は誇りに思っている。眠れぬ夜も、それは今の花の一部なのだ。

明日も生きようと顔を上げて、朝を待つ。

明日こそは、なりたい自分になろうと夢を見ながら。

——そうすればきっと、眠れぬ夜だって怖くはないのだ。

本作品は書き下ろしです。

二見サラ文庫

本作品に関するご意見、ご感想などは
〒101-8405
東京都千代田区神田三崎町2-18-11
二見書房 サラ文庫編集部 まで

あすなろ荘《そう》の明日《あした》ごはん

2022年12月10日 初版発行

著者 蛙田《かえるだ》アメコ

発行所 株式会社 二見書房
東京都千代田区神田三崎町2-18-11
電話 03(3515)2311［営業］
03(3515)2314［編集］
振替 00170-4-2639

印刷 株式会社 堀内印刷所
製本 株式会社 村上製本所

落丁・乱丁本はお取り替えいたします。
定価は、カバーに表示してあります。

ISBN978-4-576-22168-7
https://www.futami.co.jp/sala/

二見サラ文庫

今日からお店始めます！

～昭和の小さな雑貨屋さん～

青谷真未

イラスト＝春野薫久

憧れの化粧品を仕入れたい！　昭和四十五年、田舎で店舗開業を夢見る和子の元に現れたのは問屋の青年・梶と身元不明の女子・弥咲で…。

二見サラ文庫

シェアハウスさざんか
―四人の秘めごと―

葵 日向子
イラスト＝またよし

同性カップルであることを隠すため、男女二組が生活を共にするが、やがて歪みが生じてしまい、それぞれのこころに向き合っていく――

二見サラ文庫

ようこそ赤羽へ
真面目なバーテンダーと
ヤンチャ店主の角打ちカクテル

美月りん
イラスト＝げみ

赤羽の酒屋の角打ちバーを舞台に、ソリが合わない新人堅物バーテンダーと元ヤンキーの酒屋の主人が、二人で客の悩みを解いていくが──。

二見サラ文庫

地獄谷の陰陽師に、デリバリーはじめました

～さくさくコロッケと猫のもののけ～

須垣りつ

イラスト＝煙楽

耳黒という半猫半人の妖怪に取り憑かれたハジメは、いけ好かないバーテン兼陰陽師の竜真に惣菜の配達と引き換えにお祓いを頼むが…。

二見サラ文庫

小樽おやすみ処 カフェ・オリエンタル
～召しませ刺激的《スパイシー》な恋の味～

田丸久深
イラスト＝水溜鳥

小樽を舞台に、人間関係に悩み退職した主人公が、ふと立ち寄ったカフェの店主の優しさや料理に救われ、このカフェで働きはじめる。